Игрок

Федор Достоевский

Игрок

ISNB: 978-1-64439-671-1

СОДЕРЖАНИЕ

ИГРОК

ИГРОК

(Из записок молодого человека)

Глава I

Наконец я возвратился из моей двухнедельной отлучки. Наши уже три дня как были в Рулетенбурге. Я думал, что они и бог знает как ждут меня, однако ж ошибся. Генерал смотрел чрезвычайно независимо, поговорил со мной свысока и отослал меня к сестре. Было ясно, что они где-нибудь перехватили денег. Мне показалось даже, что генералу несколько совестно глядеть на меня. Марья Филипповна была в чрезвычайных хлопотах и поговорила со мною слегка; деньги, однако ж, приняла, сосчитала и выслушала весь мой рапорт. К обеду ждали Мезенцова, французика и еще какого-то англичанина: как водится, деньги есть, так тотчас и званый обед, по-московски. Полина Александровна, увидев меня, спросила, что я так долго? и, не дождавшись ответа, ушла куда-то. Разумеется, она сделала это нарочно. Нам, однако ж, надо объясниться. Много накопилось.

Мне отвели маленькую комнатку, в четвертом этаже отеля. Здесь известно, что я принадлежу к свите генерала. По всему видно, что они успели-таки дать себя знать. Генерала считают здесь все богатейшим русским вельможей. Еще до обеда он успел, между другими поручениями, дать мне два тысячефранковых билета разменять. Я разменял их в конторе отеля. Теперь на нас будут смотреть, как на миллионеров, по крайней мере целую неделю. Я хотел было взять Мишу и Надю и пойти с ними гулять, но с лестницы меня позвали к генералу; ему заблагорассудилось осведомиться, куда я их поведу. Этот человек решительно не может смотреть мне прямо в глаза; он бы и очень хотел, но я каждый раз отвечаю ему таким

1

пристальным, то есть непочтительным взглядом, что он как будто конфузится. В весьма напыщенной речи, насаживая одну фразу на другую и наконец совсем запутавшись, он дал мне понять, чтоб я гулял с детьми где-нибудь, подальше от воксала, в парке. Наконец он рассердился совсем и круто прибавил:

— А то вы, пожалуй, их в воксал, на рулетку, поведете. Вы меня извините, — прибавил он, — но я знаю, вы еще довольно легкомысленны и способны, пожалуй, играть. Во всяком случае, хоть я и не ментор ваш, да и роли такой на себя брать не желаю, но по крайней мере имею право пожелать, чтобы вы, так сказать, меня-то не окомпрометировали...

— Да ведь у меня и денег нет, — отвечал я спокойно; — чтобы проиграться, нужно их иметь.

— Вы их немедленно получите, — ответил генерал, покраснев немного, порылся у себя в бюро, справился в книжке, и оказалось, что за ним моих денег около ста двадцати рублей.

— Как же мы сосчитаемся, — заговорил он, — надо переводить на талеры. Да вот возьмите сто талеров, круглым счетом, — остальное, конечно, не пропадет.

Я молча взял деньги.

— Вы, пожалуйста, не обижайтесь моими словами, вы так обидчивы... Если я вам заметил, то я, так сказать, вас предостерег и уж, конечно, имею на то некоторое право...

Возвращаясь пред обедом с детьми домой, я встретил целую кавалькаду. Наши ездили осматривать какие-то развалины. Две превосходные коляски, великолепные лошади! Mademoiselle Blanche в одной коляске с Марьей Филипповной и Полиной; французик, англичанин и наш генерал верхами. Прохожие останавливались и смотрели; эффект был произведен; только генералу несдобровать. Я рассчитал, что с четырьмя тысячами франков, которые я привез, да прибавив сюда то, что они, очевидно, успели перехватить, у них теперь есть семь или восемь тысяч франков; этого слишком мало для mademoiselle Blanche.

Mademoiselle Blanche стоит тоже в нашем отеле, вместе с матерью; где-то тут же и наш французик. Лакеи называют его "monsieur le comte",[1] мать mademoiselle Blanche называется "madame la comtesse";[2] что ж, может быть, и в самом деле они comte et comtesse.

Я так и знал, что monsieur le comte меня не узнает, когда мы соединимся за обедом. Генерал, конечно, и не подумал бы нас знакомить или хоть меня ему отрекомендовать; а monsieur le comte сам бывал в России и знает, как невелика птица — то, что они называют outchitel. Он, впрочем, меня очень хорошо знает. Но, признаться, я и к обеду-то явился непрошеным; кажется, генерал позабыл распорядиться, а то бы, наверно, послал меня обедать за table d'hôt'ом.[3] Я явился сам, так что генерал посмотрел на меня с неудовольствием. Добрая Марья Филипповна тотчас же указала мне место; но встреча с мистером Астлеем меня выручила, и я поневоле оказался принадлежащим к их обществу.

Этого странного англичанина я встретил сначала в Пруссии, в вагоне, где мы сидели друг против друга, когда я догонял наших; потом я столкнулся с ним, въезжая во Францию, наконец — в Швейцарии; в течение этих двух недель — два раза, и вот теперь я вдруг встретил его уже в Рулетенбурге. Я никогда в жизни не встречал человека более застенчивого; он застенчив до глупости и сам, конечно, знает об этом, потому что он вовсе не глуп. Впрочем, он очень милый и тихий. Я заставил его разговориться при первой встрече в Пруссии. Он объявил мне, что был нынешним летом на Норд-Капе и что весьма хотелось ему быть на Нижегородской ярмарке. Не знаю, как он познакомился с генералом; мне кажется, что он беспредельно влюблен в Полину. Когда она вошла, он вспыхнул, как зарево. Он был очень рад, что за столом я сел с ним рядом, и, кажется, уже считает меня своим закадычным другом.

За столом французик тонировал необыкновенно; он со всеми небрежен и важен. А в Москве, я помню, пускал

---

[1] господин граф (франц.).
[2] госпожа графиня (франц.).
[3] табльдот — общий стол (франц.).

3

мыльные пузыри. Он ужасно много говорил о финансах и о русской политике. Генерал иногда осмеливался противоречить, но скромно, единственно настолько, чтобы не уронить окончательно своей важности.

Я был в странном настроении духа; разумеется, я еще до половины обеда успел задать себе мой обыкновенный и всегдашний вопрос: зачем я валандаюсь с этим генералом и давным-давно не отхожу от них? Изредка я взглядывал на Полину Александровну; она совершенно не примечала меня. Кончилось тем, что я разозлился и решился грубить.

Началось тем, что я вдруг, ни с того ни с сего, громко и без спросу ввязался в чужой разговор. Мне, главное, хотелось поругаться с французиком. Я оборотился к генералу и вдруг совершенно громко и отчетливо, и, кажется, перебив его, заметил, что нынешним летом русским почти совсем нельзя обедать в отелях за табльдотами. Генерал устремил на меня удивленный взгляд.

— Если вы человек себя уважающий, — пустился я далее, — то непременно напроситесь на ругательства и должны выносить чрезвычайные щелчки. В Париже и на Рейне, даже в Швейцарии, за табльдотами так много полячишек и им сочувствующих французиков, что нет возможности вымолвить слова, если вы только русский.

Я проговорил это по-французски. Генерал смотрел на меня в недоумении, не зная, рассердиться ли ему или только удивиться, что я так забылся.

— Значит, вас кто-нибудь и где-нибудь проучил, — сказал французик небрежно и презрительно.

— Я в Париже сначала поругался с одним поляком, — ответил я, — потом с одним французским офицером, который поляка поддерживал. А затем уж часть французов перешла на мою сторону, когда я им рассказал, как я хотел плюнуть в кофе монсиньора.

— Плюнуть? — спросил генерал с важным недоумением и даже осматриваясь. Французик оглядывал меня недоверчиво.

— Точно так-с, — отвечал я. — Так как я целых два дня был убежден, что придется, может быть, отправиться по нашему делу на минутку в Рим, то и пошел в канцелярию посольства святейшего отца в Париже, чтоб визировать паспорт. Там меня встретил аббатик, лет пятидесяти, сухой и с морозом в физиономии, и, выслушав меня вежливо, но чрезвычайно сухо, просил подождать. Я хоть и спешил, но, конечно, сел ждать, вынул "Opinion nationale"[4] и стал читать страшнейшее ругательство против России. Между тем я слышал, как чрез соседнюю комнату кто-то прошел к монсиньору; я видел, как мой аббат раскланивался. Я обратился к нему с прежнею просьбою; он еще суше попросил меня опять подождать. Немного спустя вошел кто-то еще незнакомый, но за делом, — какой-то австриец, его выслушали и тотчас же проводили наверх.

Тогда мне стало очень досадно; я встал, подошел к аббату и сказал ему решительно, что так как монсиньор принимает, то может кончить и со мною. Вдруг аббат отшатнулся от меня с необычайным удивлением. Ему просто непонятно стало, каким это образом смеет ничтожный русский равнять себя с гостями монсиньора? Самым нахальным тоном, как бы радуясь, что может меня оскорбить, обмерил он меня с ног до головы и вскричал: "Так неужели ж вы думаете, что монсиньор бросит для вас свой кофе?" Тогда и я закричал, но еще сильнее его: "Так знайте ж, что мне наплевать на кофе вашего монсиньора! Если вы сию же минуту не кончите с моим паспортом, то я пойду к нему самому".

"Как! в то же время, когда у него сидит кардинал!" — закричал аббатик, с ужасом от меня отстраняясь, бросился к дверям и расставил крестом руки, показывая вид, что скорее умрет, чем меня пропустит.

Тогда я ответил ему, что я еретик и варвар, "que je suis hérétique et barbare", и что мне все эти архиепископы, кардиналы, монсиньоры и проч., и проч. — всё равно. Одним словом, я показал вид, что не отстану. Аббат поглядел на меня с бесконечною злобою, потом вырвал мой паспорт и унес его

---

[4] "Народное мнение" (франц.).

наверх. Чрез минуту он был уже визирован. Вот-с, не угодно ли посмотреть? — Я вынул паспорт и показал римскую визу.

— Вы это, однако же, — начал было генерал...

— Вас спасло, что вы объявили себя варваром и еретиком, — заметил, усмехаясь, французик. — "Cela n'était pas si bête".[5]

— Так неужели смотреть на наших русских? Они сидят здесь — пикнуть не смеют и готовы, пожалуй, отречься от того, что они русские. По крайней мере в Париже в моем отеле со мною стали обращаться гораздо внимательнее, когда я всем рассказал о моей драке с аббатом. Толстый польский пан, самый враждебный ко мне человек за табльдотом, стушевался на второй план. Французы даже перенесли, когда я рассказал, что года два тому назад видел человека, в которого французский егерь в двенадцатом году выстрелил — единственно только для того, чтоб разрядить ружье. Этот человек был тогда еще десятилетним ребенком, и семейство его не успело выехать из Москвы.

— Этого быть не может, — вскипел французик, — французский солдат не станет стрелять в ребенка!

— Между тем это было, — отвечал я. — Это мне рассказал почтенный отставной капитан, и я сам видел шрам на его щеке от пули.

Француз начал говорить много и скоро. Генерал стал было его поддерживать, но я рекомендовал ему прочесть хоть, например, отрывки из "Записок" генерала Перовского, бывшего в двенадцатом году в плену у французов. Наконец, Марья Филипповна о чем-то заговорила, чтоб перебить разговор. Генерал был очень недоволен мною, потому что мы с французом уже почти начали кричать. Но мистеру Астлею мой спор с французом, кажется, очень понравился; вставая из-за стола, он предложил мне выпить с ним. рюмку вина. Вечером, как и следовало, мне удалось с четверть часа поговорить с Полиной Александровной. Разговор наш состоялся на прогулке. Все пошли в парк к воксалу. Полина села на скамейку против фонтана, а Наденьку пустила играть недалеко от себя с

---

[5] Это было не так глупо (франц.).

детьми. Я тоже отпустил к фонтану Мишу, и мы остались наконец одни.

Сначала начали, разумеется, о делах. Полина просто рассердилась, когда я передал ей всего только семьсот гульденов. Она была уверена, что я ей привезу из Парижа, под залог ее бриллиантов, по крайней мере две тысячи гульденов или даже более.

— Мне во что бы ни стало нужны деньги, — сказала она, — и их надо добыть; иначе я просто погибла.

Я стал расспрашивать о том, что сделалось в мое отсутствие.

— Больше ничего, что получены из Петербурга два известия: сначала, что бабушке очень плохо, а через два дня, что, кажется, она уже умерла. Это известие от Тимофея Петровича, — прибавила Полина, — а он человек точный. Ждем последнего, окончательного известия.

— Итак, здесь все в ожидании? — спросил я.

— Конечно: все и всё; целые полгода на одно это только и надеялись.

— И вы надеетесь? — спросил я.

— Ведь я ей вовсе не родня, я только генералова падчерица. Но я знаю наверно, что она обо мне вспомнит в завещании.

— Мне кажется, вам очень много достанется, — сказал я утвердительно.

— Да, она меня любила; но почему вам это кажется?

— Скажите, — отвечал я вопросом, — наш маркиз, кажется, тоже посвящен во все семейные тайны?

— А вы сами к чему об этом интересуетесь? — спросила Полина, поглядев на меня сурово и сухо.

— Еще бы; если не ошибаюсь, генерал успел уже занять у него денег.

— Вы очень верно угадываете.

— Ну, так дал ли бы он денег, если бы не знал про бабуленьку? Заметили ли вы, за столом: он раза три, что-то говоря о бабушке, назвал ее бабуленькой: "la baboulinka". Какие короткие и какие дружественные отношения!

— Да, вы правы. Как только он узнает, что и мне что-

7

нибудь по завещанию досталось, то тотчас же ко мне и посватается. Это, что ли, вам хотелось узнать?

— Еще только посватается? Я думал, что он давно сватается.

— Вы отлично хорошо знаете, что нет! — с сердцем сказала Полина. — Где вы встретили этого англичанина? — прибавила она после минутного молчания.

— Я так и знал, что вы о нем сейчас спросите. Я рассказал ей о прежних моих встречах с мистером Астлеем по дороге.

— Он застенчив и влюбчив и уж, конечно, влюблен в вас?

— Да, он влюблен в меня, — отвечала Полина.

— И уж, конечно, он в десять раз богаче француза. Что, у француза действительно есть что-нибудь? Не подвержено это сомнению?

— Не подвержено. У него есть какой-то château.[6] Мне еще вчера генерал говорил об этом решительно. Ну что, довольно с вас?

— Я бы, на вашем месте, непременно вышла замуж за англичанина.

— Почему? — спросила Полина.

— Француз красивее, но он подлее; а англичанин, сверх того, что честен, еще в десять раз богаче, — отрезал я.

— Да; но зато француз — маркиз и умнее, — ответила она наиспокойнейшим образом.

— Да верно ли? — продолжал я по-прежнему.

— Совершенно так.

Полине ужасно не нравились мои вопросы, и я видел, что ей хотелось разозлить меня тоном и дикостию своего ответа; я об этом ей тотчас же сказал.

— Что ж, меня действительно развлекает, как вы беситесь. Уж за одно то, что я позволяю вам делать такие вопросы и догадки, следует вам расплатиться.

— Я действительно считаю себя вправе делать вам всякие вопросы, — отвечал я спокойно, — именно потому, что готов как угодно за них расплатиться, и свою жизнь считаю теперь ни во что.

---

[6] замок (франц.).

Полина захохотала:

— Вы мне в последний раз, на Шлангенберге, сказали, что готовы по первому моему слову броситься вниз головою, а там, кажется, до тысячи футов. Я когда-нибудь произнесу это слово единственно затем, чтоб посмотреть, как вы будете расплачиваться, и уж будьте уверены, что выдержу характер. Вы мне ненавистны, — именно тем, что я так много вам позволила, и еще ненавистнее тем, что так мне нужны. Но покамест вы мне нужны — мне надо вас беречь.

Она стала вставать. Она говорила с раздражением. В последнее время она всегда кончала со мною разговор со злобою и раздражением, с настоящею злобою.

— Позвольте вас спросить, что такое mademoiselle Blanche? — спросил я, не желая отпустить ее без объяснения.

— Вы сами знаете, что такое mademoiselle Blanche. Больше ничего с тех пор не прибавилось. Mademoiselle Blanche, наверно, будет генеральшей, — разумеется, если слух о кончине бабушки подтвердится, потому что и mademoiselle Blanche, и ее матушка, и троюродный cousin маркиз — все очень хорошо знают, что мы разорились.

— А генерал влюблен окончательно?

— Теперь не в этом дело. Слушайте и запомните: возьмите эти семьсот флоринов и ступайте играть, выиграйте мне на рулетке сколько можете больше; мне деньги во что бы ни стало теперь нужны.

Сказав это, она кликнула Наденьку и пошла к воксалу, где и присоединилась ко всей нашей компании. Я же свернул на первую попавшуюся дорожку влево, обдумывая и удивляясь. Меня точно в голову ударило после приказания идти на рулетку. Странное дело: мне было о чем раздуматься, а между тем я весь погрузился в анализ ощущений моих чувств к Полине. Право, мне было легче в эти две недели отсутствия, чем теперь, в день возвращения, хотя я, в дороге, и тосковал как сумасшедший, метался как угорелый, и даже во сне поминутно видел ее пред собою. Раз (это было в Швейцарии), заснув в вагоне, я, кажется, заговорил вслух с Полиной, чем рассмешил всех сидевших со мной проезжих. И еще раз теперь я задал себе вопрос: *люблю ли я ее?* И еще раз не сумел на него ответить, то есть, лучше сказать, я опять, в сотый раз, ответил себе, что я ее *ненавижу*. Да, она была мне ненавистна. Бывали минуты (а именно каждый раз при конце наших разговоров), что я отдал бы полжизни, чтоб задушить ее! Клянусь, если б возможно было медленно погрузить в ее грудь острый нож, то я, мне кажется, схватился бы за него с наслаждением. А между тем, клянусь всем, что есть святого, если бы на Шлангенберге, на модном пуанте, она действительно сказала мне: "бросьтесь вниз", то я бы тотчас же бросился, и даже с наслаждением. Я знал это. Так или эдак, но это должно было разрешиться. Всё это она удивительно понимает, и мысль о том, что я вполне верно и отчетливо сознаю всю ее недоступность для меня, всю невозможность исполнения моих фантазий, — эта мысль, я уверен, доставляет ей чрезвычайное наслаждение; иначе могла ли бы она, осторожная и умная, быть со мною в таких короткостях и откровенностях? Мне кажется, она до сих пор смотрела на меня как та древняя императрица, которая стала раздеваться при своем невольнике, считая его не за человека. Да, она много раз считала меня не за человека...

Однако ж у меня было ее поручение — выиграть на рулетке во что бы ни стало. Мне некогда было раздумывать: для чего и как скоро надо выиграть и какие новые соображения родились в этой вечно рассчитывающей голове? К тому же в эти две недели, очевидно, прибавилась бездна новых фактов, об которых я еще не имел понятия. Всё это надо было угадать, во всё проникнуть, и как можно скорее. Но покамест теперь было некогда: надо было отправляться на рулетку.

Глава II

Признаюсь, мне это было неприятно; я хоть и решил, что буду играть, но вовсе не располагал начинать для других. Это даже сбивало меня несколько с толку, и в игорные залы я вошел с предосадным чувством. Мне там, с первого взгляда, всё не понравилось. Терпеть я не могу этой лакейщины в фельетонах целого света и преимущественно в наших русских газетах, где почти каждую весну наши фельетонисты рассказывают о двух вещах: во-первых, о необыкновенном великолепии и роскоши игорных зал в рулеточных городах на Рейне, а во-вторых, о грудах золота, которые будто бы лежат на столах. Ведь не платят же им за это; это так просто рассказывается из бескорыстной угодливости. Никакого великолепия нет в этих дрянных залах, а золота не только нет грудами на столах, но и чуть-чуть-то едва ли бывает. Конечно, кой-когда, в продолжение сезона, появится вдруг какой-нибудь чудак, или англичанин, или азиат какой-нибудь, турок, как нынешним летом, и вдруг проиграет или выиграет очень много; остальные же все играют на мелкие гульдены, и средним числом на столе всегда лежит очень мало денег. Как только я вошел в игорную залу (в первый раз в жизни), я некоторое время еще не решался играть. К тому же теснила толпа. Но если б я был и один, то и тогда бы, я думаю, скорее ушел, а не начал играть. Признаюсь, у меня стукало сердце, и я был не хладнокровен; я наверное знал и давно уже решил, что из Рулетенбурга так не выеду; что-нибудь непременно произойдет в моей судьбе радикальное и окончательное. Так надо, и так будет. Как это ни смешно, что я так много жду для себя от рулетки, но мне кажется, еще смешнее рутинное мнение, всеми признанное, что глупо и нелепо ожидать чего-нибудь от игры. И почему игра хуже какого бы то ни было способа добывания денег, например, хоть торговли? Оно правда, что выигрывает из сотни один. Но — какое мне до того дело?

Во всяком случае, я определил сначала присмотреться и не начинать ничего серьезного в этот вечер. В этот вечер, если б что и случилось, то случилось бы нечаянно и слегка, — и я так и положил. К тому же надо было и самую игру изучить; потому что, несмотря на тысячи описаний рулетки, которые я читал всегда с такою жадностию, я решительно ничего не понимал в ее устройстве до тех пор, пока сам не увидел.

Во-первых, мне всё показалось так грязно — как-то нравственно скверно и грязно. Я отнюдь не говорю про эти жадные и беспокойные лица, которые десятками, даже сотнями, обступают игорные столы. Я решительно не вижу ничего грязного в желании выиграть поскорее и побольше; мне всегда казалось очень глупою мысль одного отъевшегося и обеспеченного моралиста, который на чье-то оправдание, что "ведь играют по маленькой", — отвечал: тем хуже, потому что мелкая корысть. Точно: мелкая корысть и крупная корысть — не всё равно. Это дело пропорциональное. Что для Ротшильда мелко, то для меня очень богато, а насчет наживы и выигрыша, так люди и не на рулетке, а и везде только и делают, что друг у друга что-нибудь отбивают или выигрывают. Гадки ли вообще нажива и барыш — это другой вопрос. Но здесь я его не решаю. Так как я и сам был в высшей степени одержан желанием выигрыша, то вся эта корысть и вся эта корыстная грязь, если хотите, была мне, при входе в залу, как-то сподручнее, роднее. Самое милое дело, когда друг друга не церемонятся, а действуют открыто и нараспашку. Да и к чему самого себя обманывать? Самое пустое и нерасчетливое занятие! Особенно некрасиво, на первый взгляд, во всей этой рулеточной сволочи было то уважение к занятию, та серьезность и даже почтительность, с которыми все обступали столы. Вот почему здесь резко различено, какая игра называется mauvais genr'ом[7] и какая позволительна порядочному человеку. Есть две игры, одна — джентльменская, а другая плебейская, корыстная, игра всякой сволочи. Здесь это строго различено и — как это различие, в сущности, подло! Джентльмен, например, может поставить пять или десять луидоров, редко более, впрочем, может поставить и тысячу

---

[7] дурным тоном (франц.).

франков, если очень богат, но собственно для одной игры, для одной только забавы, собственно для того, чтобы посмотреть на процесс выигрыша или проигрыша; но отнюдь не должен интересоваться своим выигрышем. Выиграв, он может, например, вслух засмеяться, сделать кому-нибудь из окружающих свое замечание, даже может поставить еще раз и еще раз удвоить, но единственно только из любопытства, для наблюдения над шансами, для вычислений, а не из плебейского желания выиграть. Одним словом, на все эти игорные столы, рулетки и trénte et quarante[8] он должен смотреть не иначе, как на забаву, устроенную единственно для его удовольствия. Корысти и ловушки, на которых основан и устроен банк, он должен даже и не подозревать. Очень и очень недурно было бы даже, если б ему, например, показалось, что и все эти остальные игроки, вся эта дрянь, дрожащая над гульденом, — совершенно такие же богачи и джентльмены, как и он сам, и играют единственно для одного только развлечения и забавы. Это совершенное незнание действительности и невинный взгляд на людей были бы, конечно, чрезвычайно аристократичными. Я видел, как многие маменьки выдвигали вперед невинных и изящных, пятнадцати— и шестнадцатилетних мисс, своих дочек, и, давши им несколько золотых монет, учили их, как играть. Барышня выигрывала или проигрывала, непременно улыбалась и отходила очень довольная. Наш генерал солидно и важно подошел к столу; лакей бросился было подать ему стул, но он не заметил лакея; очень долго вынимал кошелек, очень долго вынимал из кошелька триста франков золотом, поставил их на черную и выиграл. Он не взял выигрыша и оставил его на столе. Вышла опять черная; он и на этот раз не взял, и когда в третий раз вышла красная, то потерял разом тысячу двести франков. Он отошел с улыбкою и выдержал характер. Я убежден, что кошки у него скребли на сердце, и будь ставка вдвое или втрое больше — он не выдержал бы характера и выказал бы волнение. Впрочем, при мне один француз выиграл и потом проиграл

---

[8] тридцать и сорок (франц.).

13

тысяч до тридцати франков весело и без всякого волнения. Настоящий джентльмен, если бы проиграл и всё свое состояние, не должен волноваться. Деньги до того должны быть ниже джентльменства, что почти не стоит об них заботиться. Конечно, весьма аристократично совсем бы не замечать всю эту грязь всей этой сволочи и всей обстановки. Однако же иногда не менее аристократичен и обратный прием, замечать, то есть присматриваться, даже рассматривать, например хоть в лорнет, всю эту сволочь: но не иначе, как принимая всю эту толпу и всю эту грязь за своего рода развлечение, как бы за представление, устроенное для джентльменской забавы. Можно самому тесниться в этой толпе, но смотреть кругом с совершенным убеждением, что собственно вы сами наблюдатель и уж нисколько не принадлежите к ее составу. Впрочем, и очень пристально наблюдать опять-таки не следует: опять уже это будет не по-джентльменски, потому что это во всяком случае зрелище не стоит большого и слишком пристального наблюдения. Да и вообще мало, зрелищ, достойных слишком пристального наблюдения для джентльмена. А между тем мне лично показалось, что всё это и очень стоит весьма пристального наблюдения, особенно для того, кто пришел не для одного наблюдения, а сам искренно и добросовестно причисляет себя ко всей этой сволочи. Что же касается до моих сокровеннейших нравственных убеждений, то в настоящих рассуждениях моих им, конечно, нет места. Пусть уж это будет так; говорю для очистки совести. Но вот что я замечу: что во всё последнее время мне как-то ужасно противно было прикидывать поступки и мысли мои к какой бы то ни было нравственной мерке. Другое управляло мною...

Сволочь действительно играет очень грязно. Я даже не прочь от мысли, что тут у стола происходит много самого обыкновенного воровства. Круперам, которые сидят по концам стола, смотрят за ставками и рассчитываются, ужасно много работы, Вот еще сволочь-то! это большею частью французы. Впрочем, я здесь наблюдаю и замечаю вовсе не для того, чтобы описывать рулетку; я приноравливаюсь для себя, чтобы знать, как себя вести на будущее время. Я заметил, например, что нет ничего обыкновеннее, когда из-за стола протягивается вдруг чья-нибудь рука и берет себе то, что вы выиграли. Начинается спор, нередко крик, и — прошу покорно доказать, сыскать свидетелей, что ставка ваша!

Сначала вся эта штука была для меня тарабарскою грамотою; я только догадывался и различал кое-как, что ставки бывают на числа, на чет и нечет и на цвета. Из денег Полины Александровны я в этот вечер решился попытать сто гульденов. Мысль, что я приступаю к игре не для себя, как-то сбивала меня с толку. Ощущение было чрезвычайно неприятное, и мне захотелось поскорее развязаться с ним. Мне всё казалось, что, начиная для Полины, я подрываю собственное счастье. Неужели нельзя прикоснуться к игорному столу, чтобы тотчас же не заразиться суеверием? Я начал с того, что вынул пять фридрихсдоров, то есть пятьдесят гульденов, и поставил их на четку. Колесо обернулось, и вышло тринадцать — я проиграл. С каким-то болезненным ощущением, единственно чтобы как-нибудь развязаться и уйти, я поставил еще пять фридрихсдоров на красную. Вышла красная. Я поставил все десять фридрихсдоров — вышла опять красная. Я поставил опять всё за раз, вышла опять красная. Получив сорок фридрихсдоров, я поставил двадцать на двенадцать средних цифр, не зная, что из этого выйдет. Мне заплатили втрое. Таким образом, из десяти фридрихсдоров у меня появилось вдруг восемьдесят. Мне стало до того невыносимо от какого-то необыкновенного и странного ощущения, что я решился уйти. Мне показалось, что я вовсе бы не так играл, если б играл для себя. Я, однако ж, поставил все восемьдесят фридрихсдоров еще раз на четку. На этот раз вышло четыре; мне отсыпали еще восемьдесят фридрихсдоров, и, захватив всю кучу в сто шестьдесят фридрихсдоров, я отправился отыскивать Полину Александровну.

Они все где-то гуляли в парке, и я успел увидеться с нею только за ужином. На этот раз француза не было, и генерал развернулся: между прочим, он почел нужным опять мне заметить, что он бы не желал меня видеть за игорным столом. По его мнению, его очень скомпрометирует, если я как-нибудь слишком проиграюсь; "но если б даже вы и выиграли очень много, то и тогда я буду тоже скомпрометирован, — прибавил он значительно. — Конечно, я не имею права располагать вашими поступками, но согласитесь сами..." Тут он по обыкновению своему не докончил. Я сухо ответил ему, что у меня очень мало денег и что, следовательно, я не могу слишком приметно проиграться, если б даже и стал играть. Придя к себе наверх, я успел передать Полине ее выигрыш и объявил ей, что в другой раз уже не буду играть для нее.

— Почему же? — спросила она тревожно.

— Потому что хочу играть для себя, — отвечал я, рассматривая ее с удивлением, — а это мешает.

— Так вы решительно продолжаете быть убеждены, что рулетка ваш единственный исход и спасение? — спросила она насмешливо. Я отвечал опять очень серьезно, что да; что же касается до моей уверенности непременно выиграть, то пускай это будет смешно, я согласен, "но чтоб оставили меня в покое".

Полина Александровна настаивала, чтоб я непременно разделил с нею сегодняшний выигрыш пополам, и отдавала мне восемьдесят фридрихсдоров, предлагая и впредь продолжать игру на этом условии. Я отказался от половины решительно и окончательно и объявил, что для других не могу играть не потому, чтоб не желал, а потому, что наверное проиграю.

— И, однако ж, я сама, как ни глупо это, почти тоже надеюсь на одну рулетку, — сказала она задумываясь. — А потому вы непременно должны продолжать игру со мною вместе пополам, и — разумеется — будете. — Тут она ушла от меня, не слушая дальнейших моих возражений.

Глава III

И, однако ж, вчера целый день она не говорила со мной об игре ни слова. Да и вообще она избегала со мной говорить вчера. Прежняя манера ее со мною не изменилась. Та же совершенная небрежность в обращении при встречах, и даже что-то презрительное и ненавистное. Вообще она не желает скрывать своего ко мне отвращения; я это вижу. Несмотря на это, она не скрывает тоже от меня, что я ей для чего-то нужен и что она для чего-то меня бережет. Между нами установились какие-то странные отношения, во многом для меня непонятные, — взяв в соображение ее гордость и надменность со всеми. Она знает, например, что я люблю ее до безумия, допускает меня даже говорить о моей страсти — и уж, конечно, ничем она не выразила бы мне более своего презрения, как этим позволением говорить ей беспрепятственно и бесцензурно о моей любви. "Значит, дескать, до того считаю ни во что твои чувства, что мне решительно всё равно, об чем бы ты ни говорил со мною и что бы ко мне не чувствовал". Про свои собственные дела она разговаривала со мною много и прежде, но никогда не была вполне откровенна. Мало того, в пренебрежении ее ко мне были, например, вот какие утонченности: она знает, положим, что мне известно какое-нибудь обстоятельство ее жизни или что-нибудь о том, что сильно ее тревожит; она даже сама расскажет мне что-нибудь из ее обстоятельств, если надо употребить меня как-нибудь для своих целей, вроде раба, или на побегушки; но расскажет всегда ровно столько, сколько надо знать человеку, употребляющемуся на побегушки, и если мне еще неизвестна целая связь событий, если она и сама видит, как я мучусь и тревожусь ее же мучениями и тревогами, то никогда не удостоит меня успокоить вполне своей дружеской откровенностью, хотя, употребляя меня нередко по поручениям не только хлопотливым, но даже опасным, она, по моему мнению, обязана быть со мной откровенною. Да и стоит ли заботиться о моих чувствах, о том, что я тоже тревожусь и, может быть, втрое больше забочусь и мучусь ее же заботами и неудачами, чем она сама!

Я недели за три еще знал об ее намерении играть на рулетке. Она меня даже предуведомила, что я должен буду играть вместо нее, потому что ей самой играть неприлично. По тону ее слов я тогда же заметил, что у ней какая-то серьезная забота, а не просто желание выиграть деньги. Что ей деньги сами по себе! Тут есть цель, тут какие-то обстоятельства, которые я могу угадывать, но которых я до сих пор не знаю. Разумеется, то унижение и рабство, в которых она меня держит, могли бы мне дать (весьма часто дают) возможность грубо и прямо самому ее расспрашивать. Так как я для нее раб и слишком ничтожен в ее глазах, то нечего ей и обижаться грубым моим любопытством. Но дело в том, что она, позволяя мне делать вопросы, на них не отвечает. Иной раз и вовсе их не замечает. Вот как у нас!

Вчерашний день у нас много говорилось о телеграмме, пущенной еще четыре дня назад в Петербург и на которую не было ответа. Генерал видимо волнуется и задумчив. Дело идет, конечно, о бабушке. Волнуется и француз. Вчера, например, после обеда они долго и серьезно разговаривали. Тон француза со всеми нами необыкновенно высокомерный и небрежный. Тут именно по пословице: посади за стол, и ноги на стол. Он даже с Полиной небрежен до грубости; впрочем, с удовольствием участвует в общих прогулках в воксале или в кавалькадах и поездках за город. Мне известны давно кой-какие из обстоятельств, связавших француза с генералом: в России они затевали вместе завод; я не знаю, лопнул ли их проект, или всё еще об нем у них говорится. Кроме того, мне случайно известна часть семейной тайны: француз действительно выручил прошлого года генерала и дал ему тридцать тысяч для пополнения недостающего в казенной сумме при сдаче должности. И уж разумеется, генерал у него в тисках; но теперь, собственно теперь, главную роль во всем этом играет все-таки mademoiselle Blanche, и я уверен, что и тут не ошибаюсь.

Кто такая mademoiselle Blanche? Здесь у нас говорят, что она знатная француженка, имеющая с собой свою мать и колоссальное состояние. Известно тоже, что она какая-то родственница нашему маркизу, только очень дальняя, какая-то кузина или троюродная сестра. Говорят, что до моей поездки в Париж француз и mademoiselle Blanche сносились между собой как-то гораздо церемоннее, были как будто на более тонкой и деликатной ноге; теперь же знакомство их, дружба и родственность выглядывают как-то грубее, как-то короче. Может быть, наши дела кажутся им до того уж плохими, что они и не считают нужным слишком с нами церемониться и скрываться. Я еще третьего дня заметил, как мистер Астлей разглядывал mademoiselle Blanche и ее матушку. Мне показалось, что он их знает. Мне показалось даже, что и наш француз встречался прежде с мистером Астлеем. Впрочем, мистер Астлей до того застенчив, стыдлив и молчалив, что на него почти можно понадеяться, — из избы сора не вынесет. По крайней мере француз едва ему кланяется и почти не глядит на него; а — стало быть, не боится. Это еще понятно; но почему mademoiselle Blanche тоже почти не глядит на него? Тем более что маркиз вчера проговорился: он вдруг сказал в общем разговоре, не помню по какому поводу, что мистер Астлей колоссально богат и что он про это знает; тут-то бы и глядеть mademoiselle Blanche на мистера Астлея! Вообще генерал находится в беспокойстве. Понятно, что может значить для него теперь телеграмма о смерти тетки!

Мне хоть и показалось наверное, что Полина избегает разговора со мною, как бы с целью, но я и сам принял на себя вид холодный и равнодушный: всё думал, что она нет-нет, да и подойдет ко мне. Зато вчера и сегодня я обратил всё мое внимание преимущественно на mademoiselle Blanche. Бедный генерал, он погиб окончательно! Влюбиться в пятьдесят пять лет, с такою силою страсти, — конечно, несчастие. Прибавьте к тому его вдовство, его детей, совершенно разоренное имение, долги и, наконец, женщину, в которую ему пришлось влюбиться. Mademoiselle Blanche красива собою. Но я не знаю, поймут ли меня, если я выражусь, что у ней одно из тех лиц, которых можно испугаться. По крайней мере я всегда боялся таких женщин. Ей, наверно, лет двадцать пять. Она рослая и

19

широкоплечая, с крутыми плечами; шея и грудь у нее роскошны; цвет кожи смугло-желтый, цвет волос черный, как тушь, и волос ужасно много, достало бы на две куафюры. Глаза черные, белки глаз желтоватые, взгляд нахальный, зубы белейшие, губы всегда напомажены; от нее пахнет мускусом. Одевается она эффектно, богато, с шиком, но с большим вкусом. Ноги и руки удивительные. Голос ее — сиплый контральто. Она иногда расхохочется и при этом покажет все свои зубы, но обыкновенно смотрит молчаливо и нахально — по крайней мере при Полине и при Марье Филипповне. (Странный слух: Марья Филипповна уезжает в Россию). Мне кажется, mademoiselle Blanche безо всякого образования, может быть даже и не умна, но зато подозрительна и хитра. Мне кажется, ее жизнь была-таки не без приключений. Если уж говорить всё, то может быть, что маркиз вовсе ей не родственник, а мать совсем не мать. Но есть сведения, что в Берлине, где мы с ними съехались, она и мать ее имели несколько порядочных знакомств. Что касается до самого маркиза, то хоть я и до сих пор сомневаюсь, что он маркиз, но принадлежность его к порядочному обществу, как у нас, например, в Москве и кое-где и в Германии, кажется, не подвержена сомнению. Не знаю, что он такое во Франции? Говорят, у него есть шато. Я думал, что в эти две недели много воды уйдет, и, однако ж, я всё еще не знаю наверно, сказано ли у mademoiselle Blanche с генералом что-нибудь решительное? Вообще всё зависит теперь от нашего состояния, то есть от того, много ли может генерал показать им денег. Если бы, например, пришло известие, что бабушка не умерла, то я уверен, mademoiselle Blanche тотчас бы исчезла. Удивительно и смешно мне самому, какой я, однако ж, стал сплетник. О, как мне всё это противно! С каким наслаждением я бросил бы всех и всё! Но разве я могу уехать от Полины, разве я могу не шпионить кругом нее? Шпионство, конечно, подло, но — какое мне до этого дело!

Любопытен мне тоже был вчера и сегодня мистер Астлей. Да, я убежден, что он влюблен в Полину! Любопытно и смешно, сколько иногда может выразить взгляд стыдливого и болезненно-целомудренного человека, тронутого любовью, и именно в то время, когда человек уж, конечно, рад бы скорее сквозь землю провалиться, чем что-нибудь высказать или выразить, словом или взглядом. Мистер Астлей весьма часто встречается с нами на прогулках. Он снимает шляпу и проходит мимо, умирая, разумеется, от желания к нам присоединиться. Если же его приглашают, то он тотчас отказывается. На местах отдыха, в воксале, на музыке или пред фонтаном он уже непременно останавливается где-нибудь недалеко от нашей скамейки, и где бы мы ни были: в парке ли, в лесу ли, или на Шлангенберге, — стоит только вскинуть глазами, посмотреть кругом, и непременно где-нибудь, или на ближайшей тропинке, или из-за куста, покажется уголок мистера Астлея. Мне кажется, он ищет случая со мной говорить особенно. Сегодня утром мы встретились и перекинули два слова. Он говорит иной раз как-то чрезвычайно отрывисто. Еще не сказав "здравствуйте", он начал с того, что проговорил:

— А, mademoiselle Blanche!.. Я много видел таких женщин, как mademoiselle Blanche!

Он замолчал, знаменательно смотря на меня. Что он этим хотел сказать, не знаю, потому что на вопрос мой: что это значит? — он с хитрой улыбкой кивнул головою и прибавил:

— Уж это так. Mademoiselle Pauline очень любит цветы?

— Не знаю, совсем не знаю, — отвечал я.

— Как! Вы и этого не знаете! — вскричал он с величайшим изумлением.

— Не знаю, совсем не заметил, — повторил я смеясь.

— Гм, это дает мне одну особую мысль. — Тут он кивнул головою и прошел далее. Он, впрочем, имел довольный вид. Говорим мы с ним на сквернейшем французском языке.

Глава IV

Сегодня был день смешной, безобразный, нелепый. Теперь одиннадцать часов ночи. Я сижу в своей каморке и припоминаю. Началось с того, что утром принужден-таки был идти на рулетку, чтоб играть для Полины Александровны. Я взял все ее сто шестьдесят фридрихсдоров, но под двумя условиями: первое — что я не хочу играть в половине, то есть если выиграю, то ничего не возьму себе, второе — что вечером Полина разъяснит мне, для чего именно ей так нужно выиграть и сколько именно денег. Я все-таки никак не могу предположить, чтобы это было просто для денег. Тут, видимо, деньги необходимы, и как можно скорее, для какой-то особенной цели. Она обещалась разъяснить, и я отправился. В игорных залах толпа была ужасная. Как нахальны они и как все они жадны! Я протеснился к середине и стал возле самого крупера; затем стал робко пробовать игру, ставя по две и по три монеты. Между тем я наблюдал и замечал; мне показалось, что собственно расчет довольно мало значит и вовсе не имеет той важности, которую ему придают многие игроки. Они сидят с разграфленными бумажками, замечают удары, считают, выводят шансы, рассчитывают, наконец ставят и — проигрывают точно так же, как и мы, простые смертные, играющие без расчету. Но зато я вывел одно заключение, которое, кажется, верно: действительно, в течении случайных шансов бывает хоть и не система, но как будто какой-то порядок, что, конечно, очень странно. Например, бывает, что после двенадцати средних цифр наступают двенадцать последних; два раза, положим, удар ложится на эти двенадцать последних и переходит на двенадцать первых. Упав на двенадцать первых, переходит опять на двенадцать средних, ударяет сряду три, четыре раза по средним и опять переходит на двенадцать последних, где, опять после двух раз, переходит к первым, на первых опять бьет один раз и опять переходит на три удара средних, и таким образом продолжается в течение полутора или двух часов. Один, три и два, один, три и два. Это очень забавно. Иной день или иное утро идет, например, так, что красная сменяется черною и обратно почти без всякого порядка, поминутно, так что больше двух-трех ударов сряду на красную или на черную не ложится. На другой же день или на другой вечер бывает сряду одна красная; доходит, например, больше чем до двадцати двух раз сряду и так идет непременно в продолжение некоторого времени, например в продолжение целого дня. Мне много в этом объяснил мистер Астлей, который целое утро простоял у игорных столов, но сам не поставил ни разу. Что же касается до меня, то я весь проигрался до тла и очень скоро. Я прямо сразу поставил на четку двадцать фридрихсдоров и выиграл, поставил пять и опять выиграл и таким образом еще раза два или три. Я думаю, у меня сошлось в руках около четырехсот фридрихсдоров в какие-нибудь пять минут. Тут бы мне и отойти, но во мне родилось какое-то странное ощущение, какой-то вызов судьбе, какое-то желание дать ей щелчок, выставить ей язык. Я поставил самую большую позволенную ставку, в четыре тысячи гульденов, и проиграл. Затем, разгорячившись, вынул всё, что у меня оставалось, поставил на ту же ставку и проиграл опять, после чего отошел от стола, как оглушенный. Я даже не понимал, что это со мною было, и объявил о моем проигрыше Полине Александровне только пред самым обедом. До того времени я всё шатался в парке.

За обедом я был опять в возбужденном состоянии, так же как и три дня тому назад. Француз и mademoiselle Blanche опять обедали с нами. Оказалось, что mademoiselle Blanche была утром в игорных залах и видела мои подвиги. В этот раз она заговорила со мною как-то внимательнее. Француз пошел прямее и просто спросил меня, неужели я проиграл свои собственные деньги? Мне кажется, он подозревает Полину. Одним словом, тут что-то есть. Я тотчас же солгал и сказал, что свои.

Генерал был чрезвычайно удивлен: откуда я взял такие деньги? Я объяснил, что начал с десяти фридрихсдоров, что шесть или семь ударов сряду, надвое, довели меня до пяти или до шести тысяч гульденов и что потом я всё спустил с двух ударов.

Всё это, конечно, было вероятно. Объясняя это, я посмотрел на Полину, но ничего не мог разобрать в ее лице. Однако ж она мне дала солгать и не поправила меня; из этого я заключил, что мне и надо было солгать и скрыть, что я играл за нее. Во всяком случае, думал я про себя, она обязана мне объяснением и давеча обещала мне кое-что открыть.

Я думал, что генерал сделает мне какое-нибудь замечание, но он промолчал; зато я заметил в лице его волнение и беспокойство. Может быть, при крутых его обстоятельствах ему просто тяжело было выслушать, что такая почтительная груда золота пришла и ушла в четверть часа у такого нерасчетливого дурака, как я.

Я подозреваю, что у него вчера вечером вышла с французом какая-то жаркая контра. Они долго и с жаром говорили о чем-то, запершись. Француз ушел как будто чем-то раздраженный, а сегодня рано утром опять приходил к генералу — и, вероятно, чтоб продолжать вчерашний разговор.

Выслушав о моем проигрыше, француз едко и даже злобно заметил мне, что надо было быть благоразумнее. Не знаю, для чего он прибавил, что хоть русских и много играет, но, по его мнению, русские даже и играть не способны.

— А по моему мнению, рулетка только и создана для русских, — сказал я, и когда француз на мой отзыв презрительно усмехнулся, я заметил ему, что, уж конечно, правда на моей стороне, потому что, говоря о русских как об игроках, я гораздо более ругаю их, чем хвалю, и что мне, стало быть, можно верить.

— На чем же вы основываете ваше мнение? — спросил француз.

— На том, что в катехизис добродетелей и достоинств цивилизованного западного человека вошла исторически и чуть ли не в виде главного пункта способность приобретения капиталов. А русский не только не способен приобретать капиталы, но даже и расточает их как-то зря и безобразно. Тем не менее нам, русским, деньги тоже нужны, — прибавил я, —

следовательно, мы очень рады и очень падки на такие способы, как например рулетки, где можно разбогатеть вдруг, в два часа, не трудясь. Это нас очень прельщает; а так как мы и играем зря, без труда, то и проигрываемся!

— Это отчасти справедливо, — заметил самодовольно француз.

— Нет, это несправедливо, и вам стыдно так отзываться о своем отечестве, — строго и внушительно заметил генерал.

— Помилуйте, — отвечал я ему, — ведь, право, неизвестно еще, что гаже: русское ли безобразие или немецкий способ накопления честным трудом?

— Какая безобразная мысль! — воскликнул генерал.

— Какая русская мысль! — воскликнул француз; Я смеялся, мне ужасно хотелось их раззадорить.

— А я лучше захочу всю жизнь прокочевать в киргизской палатке, — вскричал я, — чем поклоняться немецкому идолу.

— Какому идолу? — вскричал генерал, уже начиная серьезно сердиться.

— Немецкому способу накопления богатств. Я здесь недолго, но, однако ж, все-таки, что я здесь успел подметить и проверить, возмущает мою татарскую породу. Ей-богу, не хочу таких добродетелей! Я здесь успел уже вчера обойти верст на десять кругом. Ну, точь-в-точь то же самое, как в нравоучительных немецких книжечках с картинками: есть здесь везде у них в каждом доме свой фатер, ужасно добродетельный и необыкновенно честный. Уж такой честный, что подойти к нему страшно. Терпеть не могу честных люден, к которым подходить страшно. У каждого эдакого фатера есть семья, и по вечерам все они вслух поучительные книги читают. Над домиком шумят вязы и каштаны. Закат солнца, на крыше аист, и всё необыкновенно поэтическое и трогательное...

Уж вы не сердитесь, генерал, позвольте мне рассказать потрогательнее. Я сам помню, как мой отец, покойник, тоже под липками, в палисаднике, по вечерам вслух читал мне и матери подобные книжки... Я ведь сам могу судить об этом как следует. Ну, так всякая эдакая здешняя семья в полнейшем рабстве и повиновении у фатера. Все работают, как волы, и все копят деньги, как жиды. Положим, фатер скопил уже столько-то гульденов и рассчитывает на старшего сына, чтобы ему ремесло аль землишку передать; для этого дочери приданого не дают, и она остается в девках. Для этого же младшего сына продают в кабалу аль в солдаты и деньги приобщают к домашнему капиталу. Право, это здесь делается; я расспрашивал. Всё это делается не иначе, как от честности, от усиленной честности, до того, что и младший проданный сын верует, что его не иначе, как от честности, продали, — а уж это идеал, когда сама жертва радуется, что ее на заклание ведут. Что же дальше? Дальше то, что и старшему тоже не легче: есть там у него такая Амальхен, с которою он сердцем соединился, — но жениться нельзя, потому что гульденов еще столько не накоплено. Тоже ждут благонравно и искренно и с улыбкой на заклание идут. У Амальхен уж щеки ввалились, сохнет. Наконец, лет через двадцать, благосостояние умножилось; гульдены честно и добродетельно скоплены. Фатер благословляет сорокалетнего старшего и тридцатипятилетнюю Амальхен, с иссохшей грудью и красным носом... При этом плачет, мораль читает и умирает. Старший превращается сам в добродетельного фатера, и начинается опять та же история. Лет эдак чрез пятьдесят или чрез семьдесят внук первого фатера действительно уже осуществляет значительный капитал и передает своему сыну, тот своему, тот своему, и поколений через пять или шесть выходит сам барон Ротшильд или Гоппе и Комп., или там черт знает кто. Ну-с, как же не величественное зрелище: столетний или двухсотлетний преемственный труд, терпение, ум, честность, характер, твердость, расчет, аист на крыше! Чего же вам еще, ведь уж выше этого нет ничего, и с этой точки они сами начинают весь мир судить и виновных, то есть чуть-чуть на них не похожих, тотчас же казнить. Ну-с, так вот в чем дело: я уж лучше хочу дебоширить по-русски или разживаться на рулетке. Не хочу я быть Гоппе и Комп. чрез пять поколений. Мне деньги нужны для меня самого, а я не считаю всего себя чем-то необходимым и придаточным к капиталу. Я знаю, что я ужасно наврал, но пусть так оно и будет. Таковы мои убеждения.

— Не знаю, много ли правды в том, что вы говорили, — задумчиво заметил генерал, — но знаю наверное, что вы нестерпимо начинаете форсить, чуть лишь вам капельку позволят забыться...

По обыкновению своему, он не договорил. Если наш генерал начинал о чем-нибудь говорить, хотя капельку позначительнее обыкновенного обыденного разговора, то никогда не договаривал. Француз небрежно слушал, немного выпучив глаза. Он почти ничего не понял из того, что я говорил. Полина смотрела с каким-то высокомерным равнодушием. Казалось, она не только меня, но и ничего не слыхала из сказанного в этот раз за столом.

Глава V

Она была в необыкновенной задумчивости, но тотчас по выходе из-за стола велела мне сопровождать себя на прогулку. Мы взяли детей и отправились в парк к фонтану.

Так как я был в особенно возбужденном состоянии, то и брякнул глупо и грубо вопрос: почему наш маркиз Де-Грие, французик, не только не сопровождает ее теперь, когда она выходит куда-нибудь, но даже и не говорит с нею по целым дням?

— Потому что он подлец, — странно ответила она мне. Я никогда еще не слышал от нее такого отзыва о Де-Грие и замолчал, побоявшись понять эту раздражительность.

— А заметили ли вы, что он сегодня не в ладах с генералом?

— Вам хочется знать, в чем дело, — сухо и раздражительно отвечала она. — Вы знаете, что генерал весь у него в закладе, всё имение — его, и если бабушка не умрет, то француз немедленно войдет во владение всем, что у него в закладе.

— А, так это действительно правда, что всё в закладе? Я слышал, но не знал, что решительно всё.

— А то как же?

— И при этом прощай mademoiselle Blanche, — заметил я. — Не будет она тогда генеральшей! Знаете ли что: мне кажется, генерал так влюбился, что, пожалуй, застрелится, если mademoiselle Blanche его бросит. В его лета так влюбляться опасно.

— Мне самой кажется, что с ним что-нибудь будет, — задумчиво заметила Полина Александровна.

— И как это великолепно, — вскричал я, — грубее нельзя показать, что она согласилась выйти только за деньги. Тут даже приличий не соблюдалось, совсем без церемонии происходило. Чудо! А насчет бабушки, что комичнее и грязнее, как посылать телеграмму за телеграммою и спрашивать: умерла ли, умерла ли? А? как вам это нравится, Полина Александровна?

— Это всё вздор, — сказала она с отвращением, перебивая

меня. — Я, напротив того, удивляюсь, что вы в таком развеселом расположении духа. Чему вы рады? Неужели тому, что мои деньги проиграли?

— Зачем вы давали их мне проигрывать? Я вам сказал, что не могу играть для других, тем более для вас. Я послушаюсь, что бы вы мне ни приказали; но результат не от меня зависит. Я ведь предупредил, что ничего не выйдет. Скажите, вы очень убиты, что потеряли столько денег? Для чего вам столько?

— К чему эти вопросы?

— Но ведь вы сами обещали мне объяснить... Слушайте: я совершенно убежден, что когда начну играть для себя (а у меня есть двенадцать фридрихсдоров), то я выиграю. Тогда сколько вам надо, берите у меня.

Она сделала презрительную мину.

— Вы не сердитесь на меня, — продолжал я, — за такое предложение. Я до того проникнут сознанием того, что я нуль пред вами, то есть в ваших глазах, что вам можно даже принять от меня и деньги. Подарком от меня вам нельзя обижаться. Притом же я проиграл ваши. Она быстро поглядела на меня и, заметив, что я говорю раздражительно и саркастически, опять перебила разговор:

— Вам нет ничего интересного в моих обстоятельствах, Если хотите знать, я просто должна. Деньги взяты мною взаймы, и я хотела бы их отдать. У меня была безумная и странная мысль, что я непременно выиграю, здесь, на игорном столе. Почему была эта мысль у меня — не понимаю, но я в нее верила. Кто знает, может быть, потому и верила, что у меня никакого другого шанса при выборе не оставалось.

— Или потому, что уж слишком надо было выиграть. Это точь-в-точь, как утопающий, который хватается за соломинку. Согласитесь сами, что если б он не утопал, то он не считал бы соломинку за древесный сук.

Полина удивилась.

— Как же, — спросила она, — вы сами-то на то же самое надеетесь? Две недели назад вы сами мне говорили однажды, много и долго, о том, что вы вполне уверены в выигрыше здесь на рулетке, и убеждали меня, чтоб я не смотрела на вас как на безумного; или вы тогда шутили?

Но я помню, вы говорили так серьезно, что никак нельзя было принять за шутку.

— Это правда, — отвечал я задумчиво, — я до сих пор уверен вполне, что выиграю. Я даже вам признаюсь, что вы меня теперь навели на вопрос: почему именно мой сегодняшний, бестолковый и безобразный проигрыш не оставил во мне никакого сомнения? Я все-таки вполне уверен, что чуть только я начну играть для себя, то выиграю непременно.

— Почему же вы так наверно убеждены?

— Если хотите — не знаю. Я знаю только, что мне надо выиграть, что это тоже единственный мой исход. Ну вот потому, может быть, мне и кажется, что я непременно должен выиграть.

— Стало быть, вам тоже слишком надо, если вы фанатически уверены?

— Бьюсь об заклад, что вы сомневаетесь, что я в состоянии ощущать серьезную надобность?

— Это мне всё равно, — тихо и равнодушно ответила Полина. — Если хотите — да, я сомневаюсь, чтоб вас мучило что-нибудь серьезно. Вы можете мучиться, но не серьезно. Вы человек беспорядочный и неустановившийся. Для чего вам деньги? Во всех резонах, которые вы мне тогда представили, я ничего не нашла серьезного.

— Кстати, — перебил я, — вы говорили, что вам долг нужно отдать. Хорош, значит, долг! Не французу ли?

— Что за вопросы? Вы сегодня особенно резки. Уж не пьяны ли?

— Вы знаете, что я всё себе позволяю говорить, и спрашиваю иногда очень откровенно. Повторяю, я ваш раб, а рабов не стыдятся, и раб оскорбить не может.

— Всё это вздор! И терпеть я не могу этой вашей "рабской" теории.

— Заметьте себе, что я не потому говорю про мое рабство,

чтоб желал быть вашим рабом, а просто — говорю, как о факте, совсем не от меня зависящем.

— Говорите прямо, зачем вам деньги?

— А вам зачем это знать?

— Как хотите, — ответила она и гордо повела головой.

— Рабской теории не терпите, а рабства требуете: "Отвечать и не рассуждать!" Хорошо, пусть так. Зачем деньги, вы спрашиваете? Как зачем? Деньги — всё!

— Понимаю, но не впадать же в такое сумасшествие, их желая! Вы ведь тоже доходите до исступления, до фатализма. Тут есть что-нибудь, какая-то особая цель. Говорите без извилин, я так хочу.

Она как будто начинала сердиться, и мне ужасно понравилось, что она так с сердцем допрашивала.

— Разумеется, есть цель, — сказал я, — но я не сумею объяснить — какая. Больше ничего, что с деньгами я стану и для вас другим человеком, а не рабом.

— Как? как вы этого достигнете?

— Как достигну? как, вы даже не понимаете, как могу я достигнуть, чтоб вы взглянули на меня иначе, как на раба! Ну вот этого-то я и не хочу, таких удивлений и недоумений.

— Вы говорили, что вам это рабство наслаждение. Я так и сама думала.

— Вы так думали, — вскричал я с каким-то странным наслаждением. — Ах, как эдакая наивность от вас хороша! Ну да, да, мне от вас рабство — наслаждение. Есть, есть наслаждение в последней степени приниженности и ничтожества! — продолжал я бредить. — Черт знает, может быть, оно есть и в кнуте, когда кнут ложится на спину и рвет в клочки мясо... Но я хочу, может быть, попытать и других наслаждений. Мне давеча генерал при вас за столом наставление читал за семьсот рублей в год, которых я, может быть, еще и не получу от него. Меня маркиз Де-Грие, поднявши брови, рассматривает и в то же время не замечает. А я, с своей стороны, может быть, желаю страстно взять маркиза Де-Грие при вас за нос?

— Речи молокососа. При всяком положении можно

поставить себя с достоинством. Если тут борьба, то она еще возвысит, а не унизит.

— Прямо из прописи! Вы только предположите, что я, может быть, не умею поставить себя с достоинством. То есть я, пожалуй, и достойный человек, а поставить себя с достоинством не умею. Вы понимаете, что так может быть? Да все русские таковы, и знаете почему: потому что русские слишком богато и многосторонне одарены, чтоб скоро приискать себе приличную форму. Тут дело в форме. Большею частью мы, русские, так богато одарены, что для приличной формы нам нужна гениальность. Ну, а гениальности-то всего чаще и не бывает, потому что она и вообще редко бывает. Это только у французов и, пожалуй, у некоторых других европейцев так хорошо определилась форма, что можно глядеть с чрезвычайным достоинством и быть самым недостойным человеком. Оттого так много форма у них и значит. Француз перенесет оскорбление, настоящее, сердечное оскорбление и не поморщится, но щелчка в нос ни за что не перенесет, потому что это есть нарушение принятой и увековеченной формы приличий. Оттого-то так и падки наши барышни до французов, что форма у них хороша. По-моему, впрочем, никакой формы и нет, а один только петух, le coq gaulois.[9] Впрочем, этого я понимать не могу, я не женщина. Может быть, петухи и хороши. Да и вообще я заврался, а вы меня не останавливаете. Останавливайте меня чаще; когда я с вами говорю, мне хочется высказать всё, всё, всё. Я теряю всякую форму. Я даже согласен, что я не только формы, но и достоинств никаких не имею. Объявляю вам об этом. Даже не забочусь ни о каких достоинствах. Теперь всё во мне остановилось. Вы сами знаете отчего. У меня ни одной человеческой мысли нет в голове. Я давно уж не знаю, что на свете делается, ни в России, ни здесь. Я вот Дрезден проехал и не помню, какой такой Дрезден. Вы сами знаете, что меня поглотило. Так как я не имею никакой надежды и в глазах ваших нуль, то и говорю прямо: я только вас везде вижу, а

---

[9] галльский петух (франц.).

остальное мне всё равно. За что и как я вас *люблю* — не знаю. Знаете ли, что, может быть, вы вовсе не хороши? Представьте себе, я даже не знаю, хороши ли вы или нет, даже *лицом*? Сердце, наверное, у вас нехорошее; ум неблагородный; это очень может быть.

— Может быть, вы потому и рассчитываете закупить меня деньгами, — сказала она, — что не верите в мое благородство?

— Когда я рассчитывал купить вас деньгами? — вскричал я.

— Вы зарапортовались и потеряли вашу нитку. Если не меня купить, то мое уважение вы думаете купить деньгами.

— Ну нет, это не совсем так. Я вам сказал, что мне трудно объясняться. Вы подавляете меня. Не сердитесь на мою болтовню. Вы понимаете, почему на меня нельзя сердиться: я просто сумасшедший. А, впрочем, мне всё равно, хоть и сердитесь. Мне у себя наверху, в каморке, стоит вспомнить и вообразить только шум вашего платья, и я руки себе искусать готов. И за что вы на меня сердитесь? За то, что я называю себя рабом? Пользуйтесь, пользуйтесь моим рабством, пользуйтесь! Знаете ли вы, что я когда-нибудь вас убью? Не потому убью, что разлюблю иль приревную, а — так, просто убью, потому что меня иногда тянет вас съесть. Вы смеетесь...

— Совсем не смеюсь, — сказала она с гневом. — Я приказываю вам молчать.

Она остановилась, едва переводя дух от гнева. Ей-богу, я не знаю, хороша ли она была собой, но я всегда любил смотреть, когда она так предо мною останавливалась, а потому и любил часто вызывать ее гнев. Может быть, она заметила это и нарочно сердилась. Я ей это высказал.

— Какая грязь! — воскликнула она с отвращением.

— Мне всё равно, — продолжал я. — Знаете ли еще, что нам вдвоем ходить опасно: меня много раз непреодолимо тянуло прибить вас, изуродовать, задушить. И что вы думаете, до этого не дойдет? Вы доведете меня до горячки. Уж не скандала ли я побоюсь? Гнева вашего? Да что мне ваш гнев? Я люблю без надежды и знаю, что после этого в тысячу раз больше буду любить вас. Если я вас когда-нибудь убью, то надо ведь и себя убить будет; ну так — я себя как можно дольше буду не убивать, чтоб эту нестерпимую боль без вас ощутить. Знаете ли вы невероятную вещь: я вас с каждым днем люблю больше, а ведь это почти невозможно. И после этого мне не быть фаталистом? Помните, третьего дня, на Шлангенберге, я прошептал вам, вызванный вами: скажите слово, и я соскочу в эту бездну. Если б вы сказали это слово, я бы тогда соскочил. Неужели вы не верите, что я бы соскочил?

— Какая глупая болтовня! — вскричала она.

— Мне никакого дела нет до того, глупа ли она иль умна, — вскричал я. — Я знаю, что при вас мне надо говорить, говорить, говорить — и я говорю. Я всё самолюбие при вас теряю, и мне всё равно.

— К чему мне заставлять вас прыгать с Шлангенберга? — сказала она сухо и как-то особенно обидно. — Это совершенно для меня бесполезно.

— Великолепно! — вскричал я, — вы нарочно сказали это великолепное "бесполезно", чтоб меня придавить. Я вас насквозь вижу. Бесполезно, говорите вы? Но ведь удовольствие всегда полезно, а дикая, беспредельная власть — хоть над мухой — ведь это тоже своего рода наслаждение. Человек — деспот от природы и любит быть мучителем. Вы ужасно любите.

Помню, она рассматривала меня с каким-то особенно пристальным вниманием. Должно быть, лицо мое выражало тогда все мои бестолковые и нелепые ощущения. Я припоминаю теперь, что и действительно у нас почти слово в слово так шел тогда разговор, как я здесь описал. Глаза мои налились кровью. На окраинах губ запеклась пена. А что касается Шлангенберга, то клянусь честью, даже и теперь: если б она тогда приказала мне броситься вниз, я бы бросился! Если б для шутки одной сказала, если б с презрением, с плевком на меня сказала, — я бы и тогда соскочил!

— Нет, почему ж, я вам верю, — произнесла она, но так, как она только умеет иногда выговорить, с таким презрением и ехидством, с таким высокомерием, что, ей-богу, я мог убить ее в эту минуту. Она рисковала. Про это я тоже не солгал, говоря ей.

— Вы не трус? — спросила она меня вдруг.

— Не знаю, может быть, и трус. Не знаю... я об этом давно не думал.

— Если б я сказала вам: убейте этого человека, вы бы убили его?

— Кого?

— Кого я захочу.

— Француза?

— Не спрашивайте, а отвечайте, — кого я укажу. Я хочу знать, серьезно ли вы сейчас говорили? — Она так серьезно и нетерпеливо ждала ответа, что мне как-то странно стало.

— Да скажете ли вы мне, наконец, что такое здесь происходит! — вскричал я. — Что вы, боитесь, что ли, меня? Я сам вижу все здешние беспорядки. Вы падчерица разорившегося и сумасшедшего человека, зараженного страстью к этому дьяволу — Blanche; потом тут — этот француз, с своим таинственным влиянием на вас и — вот теперь вы мне так серьезно задаете... такой вопрос. По крайней мере чтоб я знал; иначе я здесь помешаюсь и что-нибудь сделаю. Или вы стыдитесь удостоить меня, откровенности? Да разве вам можно стыдиться меня?

— Я с вами вовсе не о том говорю. Я вас спросила и жду ответа.

— Разумеется, убью, — вскричал я, — кого вы мне только прикажете, но разве вы можете... разве вы это прикажете?

— А что вы думаете, вас пожалею? Прикажу, а сама в стороне останусь. Перенесете вы это? Да нет, где вам! Вы, пожалуй, и убьете по приказу, а потом и меня придете убить за то, что я смела вас посылать.

Мне как бы что-то в голову ударило при этих словах. Конечно, я и тогда считал ее вопрос наполовину за шутку, за вызов; но все-таки она слишком серьезно проговорила. Я все-таки был поражен, что она так высказалась, что она удерживает такое право надо мной, что она соглашается на такую власть надо мною и так прямо говорит: "Иди на погибель, а я в стороне останусь". В этих словах было что-то такое циническое и откровенное, что, по-моему, было уж слишком много. Так, стало быть, как же смотрит она на меня после этого? Это уж перешло за черту рабства и ничтожества. После такого взгляда человека возносят до себя. И как ни нелеп, как ни невероятен был весь наш разговор, но сердце у меня дрогнуло.

Вдруг она захохотала. Мы сидели тогда на скамье, пред игравшими детьми, против самого того места, где останавливались экипажи и высаживали публику в аллею, пред воксалом.

— Видите вы эту толстую баронессу? — вскричала она. — Это баронесса Вурмергельм. Она только три дня как приехала. Видите ее мужа: длинный, сухой пруссак, с палкой в руке. Помните, как он третьего дня нас оглядывал? Ступайте сейчас, подойдите к баронессе, снимите шляпу и скажите ей что-нибудь по-французски.

— Зачем?

— Вы клялись, что соскочили бы с Шлангенберга; вы клянетесь, что вы готовы убить, если я прикажу. Вместо всех этих убийств и трагедий я хочу только посмеяться. Ступайте без отговорок. Я хочу посмотреть, как барон вас прибьет палкой.

— Вы вызываете меня; вы думаете, что я не сделаю?

— Да, вызываю, ступайте, я так хочу!

— Извольте, иду, хоть это и дикая фантазия. Только вот что: чтобы не было неприятности генералу, а от него вам? Ей-богу, я не о себе хлопочу, а об вас, ну — и об генерале. И что за фантазия идти оскорблять женщину?

— Нет, вы только болтун, как я вижу, — сказала она презрительно. — У вас только глаза кровью налились давеча, — впрочем, может быть, оттого, что вы вина много выпили за обедом. Да разве я не понимаю сама, что это и глупо, и пошло, и что генерал рассердится? Я просто смеяться хочу. Ну, хочу да и только! И зачем вам оскорблять женщину? Скорее вас прибьют палкой.

Я повернулся и молча пошел исполнять ее поручение. Конечно, это было глупо, и, конечно, я не сумел вывернуться, но когда я стал подходить к баронессе, помню, меня самого как будто что-то подзадорило, именно школьничество подзадорило. Да и раздражен я был ужасно, точно пьян.

Глава VI

Вот уже два дня прошло после того глупого дня. И сколько крику, шуму, толку, стуку! И какая всё это беспорядица, неурядица, глупость и пошлость, и я всему причиною. А впрочем, иногда бывает смешно — мне по крайней мере. Я не умею себе дать отчета, что со мной сделалось, в исступленном ли я состоянии нахожусь, в самом деле, или просто с дороги соскочил и безобразничаю, пока не свяжут. Порой мне кажется, что у меня ум мешается. А порой кажется, что я еще не далеко от детства, от школьной скамейки, и просто грубо школьничаю.

Это Полина, это всё Полина! Может быть, не было бы и школьничества, если бы не она. Кто знает, может быть, я это всё с отчаяния (как ни глупо, впрочем, так рассуждать). И не понимаю, не понимаю, что в ней хорошего! Хороша-то она, впрочем, хороша; кажется, хороша. Ведь она и других с ума сводит. Высокая и стройная. Очень тонкая только. Мне кажется, ее можно всю в узел завязать или перегнуть надвое. Следок ноги у ней узенький и длинный — мучительный. Именно мучительный. Волосы с рыжим оттенком. Глаза — настоящие кошачьи, но как она гордо и высокомерно умеет ими смотреть. Месяца четыре тому назад, когда я только что поступил, она, раз вечером, в зале с Де-Грие долго и горячо разговаривала. И так на него смотрела... что потом я, когда к себе пришел ложиться спать, вообразил, что она дала ему пощечину, — только что дала, стоит перед ним и на него смотрит... Вот с этого-то вечера я ее и полюбил.

Впрочем, к делу.

Я спустился по дорожке в аллею, стал посредине аллеи и выжидал баронессу и барона. В пяти шагах расстояния я снял шляпу и поклонился.

Помню, баронесса была в шелковом необъятной окружности платье, светло-серого цвета, с оборками, в кринолине и с хвостом. Она мала собой и толстоты необычайной, с ужасно толстым и отвислым подбородком, так что совсем не видно шеи. *Лицо багровое. Глаза маленькие, злые и наглые. Идет — точно всех чести удостоивает. Барон сух, высок. Лицо, по немецкому обыкновению, кривое и в тысяче мелких морщинок; в очках; сорока пяти лет. Ноги у него начинаются чуть ли не с самой груди; это, значит, порода. Горд, как павлин. Мешковат немного. Что-то баранье в выражении лица, по-своему заменяющее глубокомыслие.*

Всё это мелькнуло мне в глаза в три секунды.

Мой поклон и моя шляпа в руках сначала едва-едва остановили их внимание. Только барон слегка насупил брови. Баронесса так и плыла прямо на меня.

— Madame la baronne, — проговорил я отчетливо вслух, отчеканивая каждое слово, — j'ai l'honneur d'être votre esclave.[10]

Затем поклонился, надел шляпу и прошел мимо барона, вежливо обращая к нему лицо и улыбаясь.

Шляпу снять велела мне она, но поклонился и сошкольничал я уж сам от себя. Черт знает, что меня подтолкнуло? Я точно с горы летел.

— Гейн! — крикнул, или лучше сказать, крякнул барон, оборачиваясь ко мне с сердитым удивлением.

Я обернулся и остановился в почтительном ожидании, продолжая на него смотреть и улыбаться. Он, видимо, недоумевал и подтянул брови до nec plus ultra.[11] Лицо его всё более и более омрачалось. Баронесса тоже повернулась в мою сторону и тоже посмотрела в гневном недоумении. Из прохожих стали засматриваться. Иные даже приостанавливались.

— Гейн! — крякнул опять барон с удвоенным кряк-том и с удвоенным гневом.

— Jawohl,[12] — протянул я, продолжая смотреть ему прямо в глаза.

— Sind Sie rasend?[13] — крикнул он, махнув своей палкой и, кажется, немного начиная трусить. Его, может быть, смущал

_____

[10] Госпожа баронесса... честь имею быть вашим рабом (франц.).
[11] до крайнего предела (лат.).
[12] Да (нем.).

мой костюм. Я был очень прилично, даже щегольски одет, как человек, вполне принадлежащий к самой порядочной публике.

— Jawo-o-ohl! — крикнул я вдруг изо всей силы, протянув о, как протягивают берлинцы, поминутно употребляющие в разговоре фразу "jawohl" и при этом протягивающие букву о более или менее, для выражения различных оттенков мыслей и ощущений.

Барон и баронесса быстро повернулись и почти побежали от меня в испуге. Из публики иные заговорили, другие смотрели на меня в недоумении. Впрочем, не помню хорошо.

Я оборотился и пошел обыкновенным шагом к Полине Александровне. Но еще не доходя шагов сотни до ее скамейки, я увидел, что она встала и отправилась с детьми к отелю.

Я настиг ее у крыльца.

— Исполнил... дурачество, — сказал я, поравнявшись с нею.

— Ну, так что ж? Теперь и разделывайтесь, — ответила она, даже и не взглянув на меня, и пошла по лестнице.

Весь этот вечер я проходил в парке. Чрез парк и потом чрез лес я прошел даже в другое княжество. В одной избушке ел яичницу и пил вино: за эту идиллию с меня содрали целых полтора талера.

Только в одиннадцать часов я воротился домой. Тотчас же за мною прислали от генерала.

Наши в отеле занимают два номера; у них четыре комнаты. Первая, большая, — салон, с роялем. Рядом с нею тоже большая комната — кабинет генерала. Здесь ждал он меня, стоя среди кабинета в чрезвычайно величественном положении. Де-Грие сидел, развалясь на диване.

— Милостивый государь, позвольте спросить, что вы наделали? — начал генерал, обращаясь ко мне.

— Я бы желал, генерал, чтобы вы приступили прямо к делу, — сказал я. — Вы, вероятно, хотите говорить о моей встрече сегодня с одним немцем?

— С одним немцем?! Этот немец — барон Вурмергельм и важное лицо-с! Вы наделали ему и баронессе грубостей.

---

[13] Вы что, взбесились? (нем.).

— Никаких.

— Вы испугали их, милостивый государь, — крикнул генерал.

— Да совсем же нет. Мне еще в Берлине запало в ухо беспрерывно повторяемое ко всякому слову "jawohl", которое они так отвратительно протягивают. Когда я встретился с ним в аллее, мне вдруг это "jawohl", не знаю почему, вскочило на память, ну и подействовало на меня раздражительно... Да к тому же баронесса вот уж три раза, встречаясь со мною, имеет обыкновение идти прямо на меня, как будто бы я был червяк, которого можно ногою давить. Согласитесь, я тоже могу иметь свое самолюбие. Я снял шляпу и вежливо (уверяю вас, что вежливо) сказал: "Madame, j'ai l'honneur d'être votre esclave". Когда барон обернулся и закричал "гейн!" — меня вдруг так и подтолкнуло тоже закричать: "Jawohl!" Я и крикнул два раза: первый раз обыкновенно, а второй — протянув изо всей силы. Вот и всё.

Признаюсь, я ужасно был рад этому в высшей степени мальчишескому объяснению. Мне удивительно хотелось размазывать всю эту историю как можно нелепее.

И чем далее, тем я более во вкус входил.

— Вы смеетесь, что ли, надо мною, — крикнул генерал. Он обернулся к французу и по-французски изложил ему, что я решительно напрашиваюсь на историю. Де-Грие презрительно усмехнулся и пожал плечами.

— О, не имейте этой мысли, ничуть не бывало! — вскричал я генералу, — мой поступок, конечно, нехорош, я в высшей степени откровенно вам сознаюсь в этом. Мой поступок можно назвать даже глупым и неприличным школьничеством, но — не более. И знаете, генерал, я в высшей степени раскаиваюсь. Но тут есть одно обстоятельство, которое в моих глазах почти избавляет меня даже и от раскаяния. В последнее время, эдак недели две, даже три, я чувствую себя нехорошо: больным, нервным, раздражительным, фантастическим и, в иных случаях, теряю совсем над собою волю. Право, мне иногда ужасно хотелось несколько раз вдруг обратиться к маркизу Де-Грие и... А впрочем, нечего договаривать; может, ему будет обидно. Одним словом, это признаки болезни. Не знаю, примет ли баронесса Вурмергельм во внимание это обстоятельство, когда я буду просить у нее извинения (потому что я намерен просить у нее извинения)? Я полагаю, не примет, тем более что, сколько известно мне, этим обстоятельством начали в последнее время злоупотреблять в юридическом мире: адвокаты при уголовных процессах стали весьма часто оправдывать своих клиентов, преступников, тем, что они в момент преступления ничего не помнили и что это будто бы такая болезнь. "Прибил, дескать, и ничего не помнит", И представьте себе, генерал, медицина им поддакивает — действительно подтверждает, что бывает такая болезнь, такое временное помешательство, когда человек почти ничего не помнит, или полупомнит, или четверть помнит. Но барон и баронесса — люди поколения старого, притом прусские юнкеры и помещики. Им, должно быть, этот прогресс в юридически-медицинском мире еще неизвестен, а потому они и не примут моих объяснений. Как вы думаете, генерал?

— Довольно, сударь! — резко и с сдержанным негодованием произнес генерал, — довольно! Я постараюсь раз навсегда избавить себя от вашего школьничества. Извиняться перед баронессою и бароном вы не будете. Всякие сношения с вами, даже хотя бы они состояли единственно в вашей просьбе о прощении, будут для них слишком унизительны. Барон, узнав, что вы принадлежите к моему дому, объяснялся уж со мною в воксале и, признаюсь вам, еще немного, и он потребовал бы у меня удовлетворения. Понимаете ли вы, чему подвергали вы меня, — меня, милостивый государь? Я, я принужден был просить у барона извинения и дал ему слово, что немедленно, сегодня же, вы не будете принадлежать к моему дому...

— Позвольте, позвольте, генерал, так это он сам непременно потребовал, чтоб я не принадлежал к вашему дому, как вы изволите выражаться?

— Нет; но я сам почел себя обязанным дать ему это удовлетворение, и, разумеется, барон остался доволен, Мы расстаемся, милостивый государь. Вам следует дополучить с меня эти четыре фридрихсдора и три флорина на здешний расчет. Вот деньги, а вот и бумажка с расчетом; можете это проверить. Прощайте. С этих пор мы чужие. Кроме хлопот и неприятностей, я не видал от вас ничего. Я позову сейчас кельнера и объявлю ему, что с завтрашнего дня не отвечаю за ваши расходы в отеле. Честь имею пребыть вашим слугою.

Я взял деньги, бумажку, на которой был карандашом написан расчет, поклонился генералу и весьма серьезно сказал ему:

— Генерал, дело так окончиться не может. Мне очень жаль, что вы подвергались неприятностям от барона, но — извините меня— виною этому вы сами. Каким образом взяли вы на себя отвечать за меня барону? Что значит выражение, что я принадлежу к вашему дому? Я просто учитель в вашем доме, и только. Я не сын родной, не под опекой у вас, и за поступки мои вы не можете отвечать. Я сам — лицо юридически компетентное. Мне двадцать пять лет, я кандидат университета, я дворянин, я вам совершенно чужой. Только одно мое безграничное уважение к вашим достоинствам останавливает меня потребовать от вас теперь же удовлетворения и дальнейшего отчета в том, что вы взяли на себя право за меня отвечать.

Генерал был до того поражен, что руки расставил, потом вдруг оборотился к французу и торопливо передал ему, что я чуть не вызвал его сейчас на дуэль. Француз громко захохотал.

— Но барону я спустить не намерен, — продолжал я с полным хладнокровием, нимало не смущаясь смехом мсье Де-Грие, — и так как вы, генерал, согласившись сегодня выслушать жалобы барона и войдя в его интерес, поставили сами себя как бы участником во всем этом деле, то я честь имею вам доложить, что не позже как завтра поутру потребую у барона, от своего имени, формального объяснения причин, по которым он, имея дело со мною, обратился мимо меня к другому лицу, точно я не мог или был недостоин отвечать ему сам за себя.

Что я предчувствовал, то и случилось. Генерал, услышав эту новую глупость, струсил ужасно.

— Как, неужели вы намерены еще продолжать это

42

проклятое дело! — вскричал он, — но что ж со мной-то вы делаете, о господи! Не смейте, не смейте, милостивый государь, или, клянусь вам!.. здесь есть тоже начальство, и я... я... одним словом, по моему чину... и барон тоже... одним словом, вас заарестуют и вышлют отсюда с полицией, чтоб вы не буянили! Понимаете это-с! — И хоть ему захватило дух от гнева, но все-таки он трусил ужасно.

— Генерал, — отвечал я с нестерпимым для него спокойствием, — заарестовать нельзя за буйство прежде совершения буйства. Я еще не начинал моих объяснений с бароном, а вам еще совершенно неизвестно, в каком виде и на каких основаниях я намерен приступить к этому делу. Я желаю только разъяснить обидное для меня предположение, что я нахожусь под опекой у лица, будто бы имеющего власть над моей свободной волею. Напрасно вы так себя тревожите и беспокоите.

— Ради бога, ради бога, Алексей Иванович, оставьте это бессмысленное намерение! — бормотал генерал, вдруг изменяя свой разгневанный тон на умоляющий и даже схватив меня за руки. — Ну, представьте, что из этого выйдет? опять неприятность! Согласитесь сами, я должен здесь держать себя особенным образом, особенно теперь!.. особенно теперь!.. О, вы не знаете, не знаете всех моих обстоятельств!.. Когда мы отсюда поедем, я готов опять принять вас к себе. Я теперь только так, ну, одним словом, — ведь вы понимаете же причины! — вскричал он отчаянно, — Алексей Иванович, Алексей Иванович!..

Ретируясь к дверям, я еще раз усиленно просил его не беспокоиться, обещал, что всё обойдется хорошо и прилично, и поспешил выйти.

Иногда русские за границей бывают слишком трусливы и ужасно боятся того, что скажут и как на них поглядят, и будет ли прилично вот то-то и то-то? — одним словом, держат себя точно в корсете, особенно претендующие на значение. Самое любое для них — какая-нибудь предвзятая, раз установленная форма, которой они рабски следуют — в отелях, на гуляньях, в собраниях, в дороге... Но генерал проговорился, что у него, сверх того, были какие-то особые обстоятельства, что ему надо как-то "особенно держаться". Оттого-то он так вдруг малодушно и струсил и переменил со мной тон. Я это принял к сведению и заметил. И конечно, он мог сдуру обратиться завтра к каким-нибудь властям, так что мне надо было в самом деле быть осторожным.

Мне, впрочем, вовсе не хотелось сердить собственно генерала; но мне захотелось теперь посердить Полину. Полина обошлась со мною так жестоко и сама толкнула меня на такую глупую дорогу, что мне очень хотелось довести ее до того, чтобы она сама попросила меня остановиться. Мое школьничество могло, наконец, и ее компрометировать. Кроме того, во мне сформировались кой-какие другие ощущения и желания; если я, например, исчезаю пред нею самовольно в ничто, то это вовсе ведь не значит, что пред людьми я мокрая курица и уж, конечно, не барону "бить меня палкой". Мне захотелось над всеми ними насмеяться, а самому выйти молодцом. Пусть посмотрят. Небось! она испугается скандала и кликнет меня опять. А и не кликнет, так все-таки увидит, что я не мокрая курица...

(Удивительное известие: сейчас только услышал от нашей няни, которую встретил на лестнице, что Марья Филипповна отправилась сегодня, одна-одинешенька, в Карлсбад, с вечерним поездом, к двоюродной сестре. Это что за известие? Няня говорит, что она давно собиралась; но как же этого никто не знал? Впрочем, может, я только не знал. Няня проговорилась мне, что Марья Филипповна с генералом еще третьего дня крупно поговорила. Понимаю-с. Это, наверное, — mademoiselle Blanche. Да, у нас наступает что-то решительное).

Глава VII

Наутро я позвал кельнера и объявил, чтобы счет мне писали особенно. Номер мой был не так еще дорог, чтоб очень пугаться и совсем выехать из отеля. У меня было шестнадцать фридрихсдоров, а там... там, может быть, богатство! Странное дело, я еще не выиграл, но поступаю, чувствую и мыслю, как богач, и не могу представлять себя иначе.

Я располагал, несмотря на ранний час, тотчас же отправиться к мистеру Астлею в отель d'Angletterre, очень недалеко от нас, как вдруг вошел ко мне Де-Грие. Этого никогда еще не случалось, да, сверх того, с этим господином во всё последнее время мы были в самых чуждых и в самых натянутых отношениях. Он явно не скрывал своего ко мне пренебрежения, даже старался не скрывать; а я — я имел свои собственные причины его не жаловать. Одним словом, я его ненавидел. Приход его меня очень удивил. Я тотчас же смекнул, что тут что-нибудь особенное заварилось.

Вошел он очень любезно и сказал мне комплимент насчет моей комнаты. Видя, что я со шляпой в руках, он осведомился, неужели я так рано выхожу гулять. Когда же услышал, что я иду к мистеру Астлею по делу, подумал, сообразил, и лицо его приняло чрезвычайно озабоченный вид.

Де-Грие был, как все французы, то есть веселый и любезный, когда это надо и выгодно, и нестерпимо скучный, когда быть веселым и любезным переставала необходимость. Француз редко натурально любезен; он любезен всегда как бы по приказу, из расчета. Если, например, видит необходимость быть фантастичным, оригинальным, по-необыденнее, то фантазия его, самая глупая и неестественная, слагается из заранее принятых и давно уже опошлившихся форм. Натуральный же француз состоит из самой мещанской, мелкой, обыденной положительности, — одним словом, скучнейшее существо в мире. По-моему, только новички и особенно русские барышни прельщаются французами. Всякому же порядочному существу тотчас же заметна и нестерпима эта казенщина раз установившихся форм салонной любезности, развязности и веселости.

— Я к вам по делу, — начал он чрезвычайно независимо, хотя, впрочем, вежливо, — и не скрою, что к вам послом или, лучше сказать, посредником от генерала. Очень плохо зная русский язык, я ничего почти вчера не понял; но генерал мне подробно объяснил, и признаюсь...

— Но послушайте, monsieur Де-Грие, — перебил я его, — вы вот и в этом деле взялись быть посредником. Я, конечно, "un outchitel" и никогда не претендовал на честь быть близким другом этого дома или на какие-нибудь особенно интимные отношения, а потому и не знаю всех обстоятельств; но разъясните мне: неужели вы уж теперь совсем принадлежите к членам этого семейства? Потому что вы, наконец, во всем берете такое участие, непременно, сейчас же во всем посредником... Вопрос мой ему не понравился. Для него он был слишком прозрачен, а проговариваться он не хотел.

— Меня связывают с генералом отчасти дела, отчасти некоторые особенные обстоятельства, — сказал он сухо. — Генерал прислал меня просить вас оставить ваши вчерашние намерения. Всё, что вы выдумали, конечно, очень остроумно; но он именно просил меня представить вам, что вам совершенно не удастся; мало того — вас барон не примет, и, наконец, во всяком случае он ведь имеет все средства избавиться от дальнейших неприятностей с вашей стороны. Согласитесь сами. К чему же, скажите, продолжать? Генерал же вам обещает, наверное, принять вас опять в свой дом, при первых удобных обстоятельствах, а до того времени зачесть ваше жалованье, vos appointements.[14] Ведь это довольно выгодно, не правда ли?

Я возразил ему весьма спокойно, что он несколько ошибается; что, может быть, меня от барона и не прогонят, а, напротив, выслушают, и попросил его признаться, что, вероятно, он затем и пришел, чтоб выпытать: как именно я примусь за всё это дело?

---

[14] ваше жалованье (франц.).

— О боже, если генерал так заинтересован, то, разумеется, ему приятно будет узнать, что и как вы будете делать? Это так естественно!

Я принялся объяснять, а он начал слушать, развалясь, несколько склонив ко мне набок голову, с явным, нескрываемым ироническим оттенком в лице. Вообще он держал себя чрезвычайно свысока. Я старался всеми силами притвориться, что смотрю на дело с самой серьезной точки зрения. Я объяснил, что так как барон обратился к генералу с жалобою на меня, точно на генеральскую слугу, то, во-первых, лишил меня этим места, а во-вторых, третировал меня как лицо, которое не в состоянии за себя ответить и с которым не стоит и говорить. Конечно, я чувствую себя справедливо обиженным; однако, понимая разницу лет, положения в обществе и прочее, и прочее (я едва удерживался от смеха в этом месте), не хочу брать на себя еще нового легкомыслия, то есть прямо потребовать от барона или даже только предложить ему об удовлетворении. Тем не менее я считаю себя совершенно вправе предложить ему, и особенно баронессе, мои извинения, тем более что действительно в последнее время я чувствую себя нездоровым, расстроенным и, так сказать, фантастическим и прочее, и прочее. Однако ж сам барон вчерашним обидным для меня обращением к генералу и настоянием, чтобы генерал лишил меня места, поставил меня в такое положение, что теперь я уже не могу представить ему и баронессе мои извинения, потому что и он, и баронесса, и весь свет, наверно, подумают, что я пришел с извинениями со страха, чтоб получить назад свое место. Из всего этого следует, что я нахожусь теперь вынужденным просить барона, чтобы он первоначально извинился предо мною сам, в самых умеренных выражениях, — например, сказал бы, что он вовсе не желал меня обидеть. И когда барон это выскажет, тогда я уже, с развязанными руками, чистосердечно и искренно принесу ему и мои извинения. Одним словом, заключил я, я прошу только, чтобы барон развязал мне руки.

— Фи, какая щепетильность и какие утонченности! И чего вам извиняться? Ну согласитесь, monsieur... monsieur... что вы затеваете всё это нарочно, чтобы досадить генералу... а может быть, имеете какие-нибудь особые цели... mon cher monsieur, pardon, j'ai oublié votre nom, monsieur Alexis?.. n'est ce pas?[15]

— Но позвольте, mon cher marquis,[16] да вам что за дело?

— Mais le général...[17]

— А генералу что? Он вчера что-то говорил, что держать себя на какой-то ноге должен... и так тревожился... но я ничего не понял.

— Тут есть, — тут именно существует особое обстоятельство, — подхватил Де-Грие просящим тоном, в котором всё более и более слышалась досада. — Вы знаете mademoiselle de Cominges?

— То есть mademoiselle Blanche?

— Ну да, mademoiselle Blanche de Cominges... et madame sa mère...[18] согласитесь сами, генерал... одним словом, генерал влюблен и даже... даже, может быть, здесь совершится брак. И представьте при этом разные скандалы, истории...

— Я не вижу тут ни скандалов, ни историй, касающихся брака.

— Но le baron est si irascible, un caractère prussien, vous savez, enfin il fera une querelle d'Allemand.[19]

— Так мне же, а не вам, потому что я уже не принадлежу к дому... (Я нарочно старался быть как можно бестолковее). Но позвольте, так это решено, что mademoiselle Blanche выходит за генерала? Чего же ждут? Я хочу сказать — что скрывать об этом, по крайней мере от нас, от домашних?

— Я вам не могу... впрочем, это еще не совсем... однако... вы знаете, ждут из России известия; генералу надо устроить дела...

— A, a! la baboulinka!

---

[15] дорогой мой, простите, я забыл ваше имя, Алексей?.. Не так ли? (франц.).

[16] дорогой маркиз (франц.).

[17] Но генерал (франц.).

[18] мадемуазель Бланш де Коменж и ее мамашу (франц.).

[19] барон так вспыльчив, прусский характер, знаете, он может устроить ссору из-за пустяков (франц.).

Де-Грие с ненавистью посмотрел на меня.

— Одним словом, — перебил он, — я вполне надеюсь на вашу врожденную любезность, на ваш ум, на такт... вы, конечно, сделаете это для того семейства, в котором вы были приняты как родной, были любимы, уважаемы...

— Помилуйте, я был выгнан! Вы вот утверждаете теперь, что это для виду; но согласитесь, если вам скажут: "Я, конечно, не хочу тебя выдрать за уши, но для виду позволь себя выдрать за уши..." Так ведь это почти всё равно?

— Если так, если никакие просьбы не имеют на вас влияния, — начал он строго и заносчиво, — то позвольте вас уверить, что будут приняты меры. Тут есть начальство, вас вышлют сегодня же, — que diable! in blan-bec comme vous[20] хочет вызвать на дуэль такое лицо, как барон! И вы думаете, что вас оставят в покое? И поверьте, вас никто здесь не боится! Если я просил, то более от себя, потому что вы беспокоили генерала. И неужели, неужели вы думаете, что барон не велит вас просто выгнать лакею?

— Да ведь я не сам пойду, — отвечал я с чрезвычайным спокойствием, — вы ошибаетесь, monsieur Де-Грие, всё это обойдется гораздо приличнее, чем вы думаете. Я вот сейчас же отправлюсь к мистеру Астлею и попрошу его быть моим посредником, одним словом, быть моим second.[21] Этот человек меня —любит и, наверное, не откажет. Он пойдет к барону, и барон его примет. Если сам я un outchitel и кажусь чем-то subalterne,[22] ну и, наконец, без защиты, то мистер Астлей — племянник лорда, настоящего лорда, это известно всем, лорда Пиброка, и лорд этот здесь. Поверьте, что барон будет вежлив с мистером Астлеем и выслушает его. А если не выслушает, то мистер Астлей почтет это себе за личную обиду (вы знаете, как англичане настойчивы) и пошлет к барону от себя приятеля, а у него приятели хорошие. Разочтите теперь, что выйдет, может быть, и не так, как вы полагаете.

---

[20] кой черт! молокосос, как вы (франц.).

[21] секундантом (франц.).

[22] подчиненным (франц.).

Француз решительно струсил; действительно, всё это было очень похоже на правду, а стало быть, выходило, что я и в самом деле был в силах затеять историю.

— Но прошу же вас, — начал он совершенно умоляющим голосом, — оставьте всё это! Вам точно приятно, что выйдет история! Вам не удовлетворения надобно, а истории! Я сказал, что всё это выйдет забавно и даже остроумно, чего, может быть, вы и добиваетесь, но, одним словом, — заключил он, видя, что я встал и беру шляпу, — я пришел вам передать эти два слова от одной особы, прочтите, — мне поручено ждать ответа.

Сказав это, он вынул из кармана и подал мне маленькую, сложенную и запечатанную облаткою записочку.

Рукою Полины было написано:

"Мне показалось, что вы намерены продолжать эту историю. Вы рассердились и начинаете школьничать. Но тут есть особые обстоятельства, и я вам их потом, может быть, объясню; а вы, пожалуйста, перестаньте и уймитесь. Какие всё это глупости! Вы мне нужны и сами обещались слушаться. Вспомните Шлангенберг. Прошу вас быть послушным и, если надо, приказываю. Ваша П.

P. S. Если на меня за вчерашнее сердитесь, то простите меня".

У меня как бы всё перевернулось в глазах, когда я прочел эти строчки. Губы у меня побелели, и я стал дрожать. Проклятый француз смотрел с усиленно скромным видом и отводя от меня глаза, как бы для того, чтобы не видеть моего смущения. Лучше бы он захохотал надо мною.

— Хорошо, — ответил я, — скажите, чтобы mademoiselle была спокойна. Позвольте же, однако, вас спросить, — прибавил я резко, — почему вы так долго не передавали мне эту записку? Вместо того чтобы болтать о пустяках, мне кажется, вы должны были начать с этого... если вы именно и пришли с этим поручением.

— О, я хотел... вообще всё это так странно, что вы извините мое натуральное нетерпение. Мне хотелось поскорее узнать самому лично, от вас самих, ваши намерения. Я, впрочем, не знаю, что в этой записке, и думал, что всегда успею передать.

— Понимаю, вам просто-запросто велено передать это только в крайнем случае, а если уладите на словах, то и не передавать. Так ли? Говорите прямо, monsieur Де-Грие!

— Peut-être,[23] — сказал он, принимая вид какой-то особенной сдержанности и смотря на меня каким-то особенным взглядом.

Я взял шляпу; он кивнул головой и вышел. Мне показалось, что на губах его насмешливая улыбка. Да и как могло быть иначе?

— Мы с тобой еще сочтемся, французишка, померимся! — бормотал я, сходя с лестницы. Я еще ничего не мог сообразить, точно что мне в голову ударило. Воздух несколько освежил меня.

Минуты через две, чуть-чуть только я стал ясно соображать, мне ярко представились две мысли: первая — что из таких пустяков, из нескольких школьнических, невероятных угроз мальчишки, высказанных вчера на лету, поднялась такая всеобщая тревога! и вторая мысль — каково же, однако, влияние этого француза на Полину? Одно его слово — и она делает всё, что ему нужно, пишет записку и даже просит меня. Конечно, их отношения и всегда для меня были загадкою с самого начала, с тех пор как я их знать начал; однако ж в эти последние дни я заметил в ней решительное отвращение и даже презрение к нему, а он даже и не смотрел на нее, даже просто бывал с ней невежлив. Я это заметил. Полина сама мне говорила об отвращении; у ней уже прорывались чрезвычайно значительные признания... Значит, он просто владеет ею, она у него в каких-то цепях...

Глава VIII

На променаде, как здесь называют, то есть в каштановой аллее, я встретил моего англичанина.

— О, о! — начал он, завидя меня, — я к вам, а вы ко мне. Так вы уж расстались с вашими?

— Скажите, во-первых, почему всё это вы знаете, — спросил я в удивлении, — неужели всё это всем известно?

— О нет, все неизвестно; да и не стоит, чтоб было известно. Никто не говорит.

— Так почему вы это знаете?

— Я знаю, то есть имел случай узнать. Теперь куда вы отсюда уедете? Я люблю вас и потому к вам пришел.

— Славный вы человек, мистер Астлей, — сказал я (меня, впрочем, ужасно поразило: откуда он знает?), — и так как я еще не пил кофе, да и вы, вероятно, его плохо пили, то пойдемте к воксалу в кафе, там сядем, закурим, и я вам всё расскажу, и... вы тоже мне расскажете.

Кафе был во ста шагах. Нам принесли кофе, мы уселись, я закурил папиросу, мистер Астлей ничего не закурил и, уставившись на меня, приготовился слушать.

— Я никуда не еду, я здесь остаюсь, — начал я.

— И я был уверен, что вы останетесь, — одобрительно произнес мистер Астлей.

Идя к мистеру Астлею, я вовсе не имел намерения и даже нарочно не хотел рассказывать ему что-нибудь о моей любви к Полине. Во все эти дни я не сказал с ним об этом почти ни одного слова. К тому же он был очень застенчив. Я с первого раза заметил, что Полина произвела на него чрезвычайное впечатление, но он никогда не упоминал ее имени. Но странно, вдруг, теперь, только что он уселся и уставился на меня своим пристальным оловянным взглядом, во мне, неизвестно почему, явилась охота рассказать ему всё, то есть всю мою любовь и со всеми ее оттенками. Я рассказывал целые полчаса, и мне было это чрезвычайно приятно, в первый раз я об этом рассказывал! Заметив же, что в некоторых, особенно пылких местах, он смущается, я нарочно усиливал пылкость моего рассказа. В одном раскаиваюсь: я, может быть, сказал кое-что лишнее про француза...

Мистер Астлей слушал, сидя против меня, неподвижно, не издавая ни слова, ни звука и глядя мне в глаза; но когда я заговорил про француза, он вдруг осадил меня и строго спросил: имею ли я право упоминать об этом постороннем обстоятельстве? Мистер Астлей всегда очень странно задавал вопросы.

— Вы правы: боюсь, что нет, — ответил я.

— Об этом маркизе и о мисс Полине вы ничего не можете сказать точного, кроме одних предположений?

Я опять удивился такому категорическому вопросу от такого застенчивого человека, как мистер Астлей.

— Нет, точного ничего, — ответил я, — конечно, ничего.

— Если так, то вы сделали дурное дело не только тем, что заговорили об этом со мною, но даже и тем, что про себя это подумали.

— Хорошо, хорошо! Сознаюсь; но теперь не в том дело, — перебил я, про себя удивляясь. Тут я ему рассказал всю вчерашнюю историю во всех подробностях, выходку Полины, мое приключение с бароном, мою отставку, необыкновенную трусость генерала и, наконец, в подробности изложил сегодняшнее посещение Де-Грие, со всеми оттенками; в заключение показал ему записку.

— Что вы из этого выводите? — спросил я. — Я именно пришел узнать ваши мысли. Что же до меня касается, то я, кажется, убил бы этого французишку и, может быть, это сделаю.

— И я, — сказал мистер Астлей. — Что же касается до мисс Полины, то... вы знаете, мы вступаем в сношения даже с людьми нам ненавистными, если нас вызывает к тому необходимость. Тут могут быть сношения вам неизвестные, зависящие от обстоятельств посторонних. Я думаю, что вы можете успокоиться — отчасти, разумеется.

Что же касается до вчерашнего поступка ее, то он, конечно, странен, — не потому, что она пожелала от вас отвязаться и послала вас под дубину барона (которую, я не понимаю почему, он не употребил, имея в руках), а потому, что такая выходка для такой... для такой превосходной мисс — неприлична. Разумеется, она не могла предугадать, что вы буквально исполните ее насмешливое желание...

— Знаете ли что? — вскричал я вдруг, пристально всматриваясь в мистера Астлея, — мне сдается, что вы уже о всем об этом слышали, знаете от кого? — от самой мисс Полины!

Мистер Астлей посмотрел на меня с удивлением.

— У вас глаза сверкают, и я читаю в них подозрение, — проговорил он, тотчас же возвратив себе прежнее спокойствие, — но вы не имеете ни малейших прав обнаруживать ваши подозрения. Я не могу признать этого права и вполне отказываюсь отвечать на ваш вопрос.

— Ну, довольно! И не надо! — закричал я, странно волнуясь и не понимая, почему вскочило это мне в мысль! И когда, где, каким образом мистер Астлей мог бы быть выбран Полиною в поверенные? В последнее время, впрочем, я отчасти упустил из виду мистера Астлея, а Полина и всегда была для меня загадкой, — до того загадкой, что, например, теперь, пустившись рассказывать всю историю моей любви мистеру Астлею, я вдруг, во время самого рассказа, был поражен тем, что почти ничего не мог сказать об моих отношениях с нею точного и положительного. Напротив того, всё было фантастическое, странное, неосновательное и даже ни на что не похожее.

— Ну, хорошо, хорошо; я сбит с толку и теперь еще многого не могу сообразить, — отвечал я, точно запыхавшись. — Впрочем, вы хороший человек. Теперь другое дело, и я прошу вашего — не совета, а мнения.

Я помолчал и начал:

— Как вы думаете, почему так струсил генерал? почему из моего глупейшего шалопайничества они все вывели такую историю? Такую историю, что даже сам Де-Грие нашел необходимым вмешаться (а он вмешивается только в самых важных случаях), посетил меня (каково!), просил, умолял меня

— он, Де-Грие, меня! Наконец, заметьте себе, он пришел в девять часов, в конце девятого, и уж записка мисс Полины была в его руках. Когда же, спрашивается, она была написана? Может быть, мисс Полину разбудили для этого! Кроме того, что из этого я вижу, что мисс Полина его раба (потому что даже у меня просит прощения!); кроме этого, ей-то что во всем этом, ей лично? Она *для чего* так интересуется? Чего они испугались какого-то барона? И что ж такое, что генерал женится на mademoiselle Blanche de Cominges? Они говорят, что им как-то особенно держать себя вследствие этого обстоятельства надо, — но ведь это уж слишком особенно, согласитесь сами! Как вы думаете? Я по глазам вашим убежден, что вы и тут более меня знаете!

Мистер Астлей усмехнулся и кивнул головой.

— Действительно, я, кажется, и в этом гораздо больше вашего знаю, — сказал он. — Тут всё дело касается одной mademoiselle Blanche, и я уверен, что это совершенная истина.

— Ну что ж mademoiselle Blanche? — вскричал я с нетерпением (у меня вдруг явилась надежда, что теперь что-нибудь откроется о mademoiselle Полине).

— Мне кажется, что mademoiselle Blanche имеет в настоящую минуту особый интерес всячески избегать встречи с бароном и баронессой, — тем более встречи неприятной, еще хуже — скандальной.

— Ну! Ну!

— Mademoiselle Blanche третьего года, во время сезона уже была здесь, в Рулетенбурге. И я тоже здесь находился. Mademoiselle Blanche тогда не называлась mademoiselle de Cominges, равномерно и мать ее madame veuve[24] Cominges тогда не существовала. По крайней мере о ней не было и помину. Де-Грие — Де-Грие тоже не было. Я питаю глубокое убеждение, что они не только не родня между собой, но даже и знакомы весьма недавно. Маркизом Де-Грие стал тоже весьма недавно — я в этом уверен по одному обстоятельству. Даже можно предположить, что он и Де-Грие стал называться

---

[24] вдова (франц.).

недавно. Я знаю здесь одного человека, встречавшего его и под другим именем.

— Но ведь он имеет действительно солидный круг знакомства?

— О, это может быть. Даже mademoiselle Blanche его может иметь. Но третьего года mademoiselle Blanche, по жалобе этой самой баронессы, получила приглашение от здешней полиции покинуть город и покинула его.

— Как так?

— Она появилась тогда здесь сперва с одним итальянцем, каким-то князем, с историческим именем что-то вроде Барберини или что-то похожее. Человек весь в перстнях и бриллиантах, и даже не фальшивых. Они ездили в удивительном экипаже. Mademoiselle Blanche играла в trente et quarante сначала хорошо, потом ей стало сильно изменять счастие; так я припоминаю. Я помню, в один вечер она проиграла чрезвычайную сумму. Но всего хуже, что un beau matin[25] ее князь исчез неизвестно куда; исчезли и лошади, и экипаж — всё исчезло. Долг в отеле ужасный. Mademoiselle Зельма (вместо Барберини она вдруг обратилась в mademoiselle Зельму) была в последней степени отчаяния. Она выла и визжала на весь отель и разорвала в бешенстве свое платье. Тут же в отеле стоял один польский граф (все путешествующие поляки — графы), и mademoiselle Зельма, разрывавшая свои платья и царапавшая, как кошка, свое лицо своими прекрасными, вымытыми в духах руками, произвела на него некоторое впечатление. Они переговорили, и к обеду она утешилась. Вечером он появился с ней под руку в воксале. Mademoiselle Зельма смеялась, по своему обыкновению, весьма громко, и в манерах ее оказалось несколько более развязности. Она поступила прямо в тот разряд играющих на рулетке дам, которые, подходя к столу, изо всей силы отталкивают плечом игрока, чтобы очистить себе место. Это особенный здесь шик у этих дам. Вы их, конечно, заметили?

— О, да.

---

[25] в одно прекрасное утро (франц.).

— Не стоит и замечать. К досаде порядочной публики, они здесь не переводятся, по крайней мере те из них, которые меняют каждый день у стола тысячефранковые билеты. Впрочем, как только они перестают менять билеты, их тотчас просят удалиться. Mademoiselle Зельма еще продолжала менять билеты, но игра ее шла еще несчастливее. Заметьте себе, что эти дамы весьма часто играют счастливо; у них удивительное владение собою. Впрочем, история моя кончена. Однажды, точно так же как и князь, исчез и граф. Mademoiselle Зельма явилась вечером играть уже одна; на этот раз никто не явился предложить ей руку. В два дня она проигралась окончательно. Поставив последний луидор и проиграв его, она осмотрелась кругом и увидела подле себя барона Вурмергельма, который очень внимательно и с глубоким негодованием ее рассматривал. Но mademoiselle Зельма не разглядела негодования и, обратившись к барону с известной улыбкой, попросила поставить за нее на красную десять луидоров. Вследствие этого, по жалобе баронессы, она к вечеру получила приглашение не показываться более в воксале. Если вы удивляетесь, что мне известны все эти мелкие и совершенно неприличные подробности, то это потому, что слышал я их окончательно от мистера Фидера, одного моего родственника, который в тот же вечер увез в своей коляске mademoiselle Зельму из Рулетенбурга в Спа. Теперь поймите: mademoiselle Blanche хочет быть генеральшей, вероятно для того, чтобы впредь не получать таких приглашений, как третьего года от полиции воксала. Теперь она уже не играет; но это потому, что теперь у ней по всем признакам есть капитал, который она ссужает здешним игрокам на проценты. Это гораздо расчетливее. Я даже подозреваю, что ей должен и несчастный генерал. Может быть, должен и Де-Грие. Может быть, Де-Грие с ней в компании. Согласитесь сами, что, по крайней мере до свадьбы, она бы не желала почему-либо обратить на себя внимание баронессы и барона. Одним словом, в ее положении ей всего менее выгоден скандал. Вы же связаны с их домом, и ваши поступки могли возбудить скандал, тем более что она каждодневно является в публике под руку с генералом или с мисс Полиною. Теперь понимаете?

— Нет, не понимаю! — вскричал я, изо всей силы стукнув по столу так, что garçon[26] прибежал в испуге.

— Скажите, мистер Астлей, — повторил я в исступлении, — если вы уже знали всю эту историю, а следственно знаете наизусть, что такое mademoiselle Blanche de Cominges, то каким образом не предупредили вы хоть меня, самого генерала, наконец, а главное, мисс Полину, которая показывалась здесь в воксале, в публике, с mademoiselle Blanche под руку? Разве это возможно?

— Вас предупреждать мне было нечего, потому что вы ничего не могли сделать, — спокойно отвечал мистер Астлей. — А впрочем, и о чем предупреждать? Генерал, может быть, знает о mademoiselle Blanche еще более, чем я, и все-таки прогуливается с нею и с мисс Полиной. Генерал — несчастный человек. Я видел вчера, как mademoiselle Blanche скакала на прекрасной лошади с monsieur Де-Грие и с этим маленьким русским князем, а генерал скакал за ними на рыжей лошади. Он утром говорил, что у него болят ноги, но посадка его была хороша. И вот в это-то мгновение мне вдруг пришло на мысль, что это совершенно погибший человек. К тому же всё это не мое дело, и я только недавно имел честь узнать мисс Полину. А впрочем (спохватился вдруг мистер Астлей), я уже сказал вам, что не могу признать ваши права на некоторые вопросы, несмотря на то, что искренно вас люблю…

— Довольно, — сказал я, вставая, — теперь мне ясно, как день, что и мисс Полине всё известно о mademoiselle Blanche, но что она не может расстаться со своим французом, а потому и решается гулять с mademoiselle Blanche. Поверьте, что никакие другие влияния не заставили бы ее гулять с mademoiselle Blanche и умолять меня в записке не трогать барона. Тут именно должно быть это влияние, пред которым всё склоняется! И, однако, ведь она же меня и напустила на барона! Черт возьми, тут ничего не разберешь!

---

[26] официант (франц.).

— Вы забываете, во-первых, что эта mademoiselle de Cominges — невеста генерала, а во-вторых, что у мисс Полины, падчерицы генерала, есть маленький брат и маленькая сестра, родные дети генерала, уж совершенно брошенные этим сумасшедшим человеком, а кажется, и ограбленные.

— Да, да! это так! уйти от детей — значит уж совершенно их бросить, остаться — значит защитить их интересы, а может быть, и спасти клочки имения. Да, да, всё это правда! Но все-таки, все-таки! О, я понимаю, почему все они так теперь интересуются бабуленькой!

— О ком? — спросил мистер Астлей.

— О той старой ведьме в Москве, которая не умирает и о которой ждут телеграммы, что она умрет.

— Ну да, конечно, весь интерес в ней соединился. Всё дело в наследстве! Объявится наследство, и генерал женится; мисс Полина будет тоже развязана, а Де-Грие...

— Ну, а Де-Грие?

— А Де-Грие будут заплачены деньги; он того только здесь и ждет.

— Только! вы думаете, только этого и ждет?

— Более я ничего не знаю, — упорно замолчал мистер Астлей.

— А я знаю, я знаю! — повторил я в ярости, — он тоже ждет наследства, потому что Полина получит приданое, а получив деньги, тотчас кинется ему на шею. Все женщины таковы! И самые гордые из них — самыми-то пошлыми рабами и выходят! Полина способна только страстно любить и больше ничего! Вот мое мнение о ней! Поглядите на нее, особенно когда она сидит одна, задумавшись:. это — что-то предназначенное, приговоренное, проклятое! Она способна на все ужасы жизни и страсти... она... она... но кто это зовет меня? — воскликнул я вдруг. — Кто кричит? Я слышал, закричали по-русски: "Алексей Иванович!" Женский голос, слышите, слышите!

В это время мы подходили к нашему отелю. Мы давно уже, почти не замечая того, оставили кафе.

— Я слышал женские крики, но не знаю, кого зовут; это по-русски; теперь я вижу, откуда крики, — указывал мистер Астлей, — это кричит та женщина, которая сидит в большом кресле и которую внесли сейчас на крыльцо столько лакеев. Сзади несут чемоданы, значит, только что приехал поезд.

— Но почему она зовет меня? Она опять кричит; смотрите, она нам машет.

— Я вижу, что она машет, — сказал мистер Астлей.

— Алексей Иванович! Алексей Иванович! Ах, господи, что это за олух! — раздавались отчаянные крики с крыльца отеля.

Мы почти побежали к подъезду. Я вступил на площадку и... руки мои опустились от изумления, а ноги так и приросли к камню.

Глава IX

На верхней площадке широкого крыльца отеля, знесенная по ступеням в креслах и окруженная слугами, служанками и многочисленною подобострастною челядью отеля, в присутствии самого обер-кельнера, вышедшего встретить высокую посетительницу, приехавшую с таким треском и шумом, с собственною прислугою и с столькими баулами и чемоданами, восседала — бабушка! Да, это была она сама, грозная и богатая, семидесятипятилетняя Антонида Васильевна Тарасевичева, помещица и московская барыня, la baboulinka, о которой пускались и получались телеграммы, умиравшая и не умершая и которая вдруг сама, собственнолично, явилась к нам как снег на голову.

Она явилась, хотя и без ног, носимая, как и всегда, во все последние пять лет, в креслах, но, по обыкновению своему, бойкая, задорная, самодовольная, прямо сидящая, громко и повелительно кричащая, всех бранящая, — ну точь-в-точь такая, как я имел честь видеть ее раза два, с того времени как определился в генеральский дом учителем. Естественно, что я стоял пред нею истуканом от удивления. Она же разглядела меня своим рысьим взглядом еще за сто шагов, когда ее вносили в креслах, узнала и кликнула меня по имени и отчеству, что тоже, по обыкновению своему, раз навсегда запомнила. "И эдакую-то ждали видеть в гробу, схороненную и оставившую наследство, — пролетело у меня в мыслях, — да она всех нас и весь отель переживет! Но, боже, что ж это будет теперь с нашими, что будет с генералом! Она весь отель теперь перевернет на сторону!"

— Ну что ж ты, батюшка, стал предо мною, глаза выпучил! — продолжала кричать на меня бабушка, — поклониться-поздороваться не умеешь, что ли? Аль загордился, не хочешь? Аль, может, не узнал? Слышишь, Потапыч, — обратилась она к седому старичку, во фраке, в белом галстуке и с розовой лысиной, своему дворецкому, сопровождавшему ее в вояже, — слышишь, не узнаёт! Схоронили! Телеграмму за телеграммою посылали: умерла али не умерла? Ведь я всё знаю! А я, вот видишь, и живехонька.

— Помилуйте, Антонида Васильевна, с чего мне-то вам худого желать? — весело отвечал я очнувшись, — я только был удивлен... Да и как же не подивиться, так неожиданно...

— А что тебе удивительного? Села да поехала. В вагоне покойно, толчков нет. Ты гулять ходил, что ли?

— Да, прошелся к воксалу.

— Здесь хорошо, — сказала бабушка, озираясь, — тепло и деревья богатые. Это я люблю! Наши дома? Генерал?

— О! дома, в этот час, наверно, все дома.

— А у них и здесь часы заведены и все церемонии? Тону задают. Экипаж, я слышала, держат, les seigneurs russes![27] Просвистались, так и за границу! И Прасковья с ним?

— И Полина Александровна тоже.

— И французишка? Ну да сама всех увижу. Алексей Иванович, показывай дорогу, прямо к нему. Тебе-то здесь хорошо ли?

— Так себе, Антонида Васильевна.

— А ты, Потапыч, скажи этому олуху, кельнеру, чтоб мне удобную квартиру отвели, хорошую, не высоко, туда и вещи сейчас перенеси. Да чего всем-то соваться меня нести? Чего они лезут? Экие рабы! Это кто с тобой? — обратилась она опять ко мне.

— Это мистер Астлей, — отвечал я.

— Какой такой мистер Астлей?

— Путешественник, мой добрый знакомый; знаком и с генералом.

— Англичанин. То-то он уставился на меня и зубов не разжимает. Я, впрочем, люблю англичан. Ну, тащите наверх, прямо к ним на квартиру; где они там?

Бабушку понесли; я шел впереди по широкой лестнице отеля. Шествие наше было очень эффектное. Все, кто попадались, — останавливались и смотрели во все глаза. Наш отель считался самым лучшим, самым дорогим и самым

---

[27] русские вельможи! (франц.).

аристократическим на водах. На лестнице и в коридорах всегда встречаются великолепные дамы и важные англичане. Многие осведомлялись внизу у обер-кельнера, который, с своей стороны, был глубоко поражен. Он, конечно, отвечал всем спрашивавшим, что это важная иностранка, une russe, une comtesse, grande dame[28] и что она займет то самое помещение, которое за неделю тому назад занимала la grande duchesse de N.[29] Повелительная и властительная наружность бабушки, возносимой в креслах, была причиною главного эффекта. При встрече со всяким новым лицом она тотчас обмеривала его любопытным взглядом и о всех громко меня расспрашивала. Бабушка была из крупной породы, и хотя и не вставала с кресел, но предчувствовалось, глядя на нее, что она весьма высокого роста. Спина ее держалась прямо, как доска, и не опиралась на кресло. Седая, большая ее голова, с крупными и резкими чертами лица, держалась вверх; глядела она как-то даже заносчиво и с вызовом; и видно было, что взгляд и жесты ее совершенно натуральны. Несмотря на семьдесят пять лет, лицо ее было довольно свежо и даже зубы не совсем пострадали. Одета она была в черном шелковом платье и в белом чепчике.

— Она чрезвычайно интересует меня, — шепнул мне, подымаясь рядом со мною, мистер Астлей.

"О телеграммах она знает, — подумал я, — Де-Грие ей тоже известен, но mademoiselle Blanche еще, кажется, мало известна". Я тотчас же сообщил об этом мистеру Астлею.

Грешный человек! только что прошло мое первое удивление, я ужасно обрадовался громовому удару, который мы произведем сейчас у генерала. Меня точно что подзадоривало, и я шел впереди чрезвычайно весело.

Наши квартировали в третьем этаже; я не докладывал и даже не постучал в дверь, а просто растворил ее настежь, и бабушку внесли с триумфом. Все они были, как нарочно, в сборе, в кабинете генерала. Было двенадцать часов, и, кажется,

---

[28] русская, графиня, важная дама (франц.).
[29] великая княгиня де Н. (франц.).

63

проектировалась какая-то поездка, — одни сбирались в колясках, другие верхами, всей компанией; кроме того, были еще приглашенные из знакомых. Кроме генерала, Полины с детьми, их нянюшки, находились в кабинете: Де-Грие, mademoiselle Blanche, опять в амазонке, ее мать madame veuve Cominges, маленький князь и еще какой-то ученый путешественник, немец, которого я видел у них еще в первый раз. Кресла с бабушкой прямо опустили посредине кабинета, в трех шагах от генерала. Боже, никогда не забуду этого впечатления! Пред нашим входом генерал что-то рассказывал, а Де-Грие его поправлял. Надо заметить, что mademoiselle Blanche и Де-Грие вот уже два-три дня почему-то очень ухаживали за маленьким князем — à la barbe du pauvre général,[30] и компания хоть, может быть, и искусственно, но была настроена на самый веселый и радушно-семейный тон. При виде бабушки генерал вдруг остолбенел, разинул рот и остановился на полслове. Он смотрел на нее, выпучив глаза, как будто околдованный взглядом василиска. Бабушка смотрела на него тоже молча, неподвижно, — но что это был за торжествующий, вызывающий и насмешливый взгляд! Они просмотрели так друг на друга секунд десять битых, при глубоком молчании всех окружающих. Де-Грие сначала оцепенел, но скоро необыкновенное беспокойство замелькало в его лице. Mademoiselle Blanche подняла брови, раскрыла рот и дико разглядывала бабушку. Князь и ученый в глубоком недоумении созерцали всю эту картину. Во взгляде Полины выразилось чрезвычайное удивление и недоумение, но вдруг она побледнела, как платок; чрез минуту кровь быстро ударила ей в лицо и залила ей щеки. Да, это была катастрофа для всех! Я только и делал, что переводил мои взгляды от бабушки на всех окружающих и обратно. Мистер Астлей стоял в стороне, по своему обыкновению, спокойно и чинно.

— Ну, вот и я! Вместо телеграммы-то! — разразилась наконец бабушка, прерывая молчание. — Что, не ожидали?

— Антонида Васильевна... тетушка... но каким же образом...

---

[30] под носом у бедного генерала (франц.).

— пробормотал несчастный генерал. Если бы бабушка не заговорила еще несколько секунд, то, может быть, с ним был бы удар.

— Как каким образом? Села да поехала. А железная-то дорога на что? А вы все думали: я уж ноги протянула и вам наследство оставила? Я ведь знаю, как ты отсюда телеграммы-то посылал. Денег-то что за них переплатил, я думаю. Отсюда не дешево. А я ноги на плечи, да и сюда. Это тот француз? Monsieur Де-Грие, кажется?

— Oui, madame, — подхватил Де-Грие, — et croyez, je suis si enchanté... votre santé... c'est un miracle... vous voir ici, une surprise charmante...[31]

— То-то charmante; знаю я тебя, фигляр ты эдакой, да я-то тебе вот на столечко не верю! — и она указала ему свой мизинец. — Это кто такая, — обратилась она, указывая на mademoiselle Blanche. Эффектная француженка, в амазонке, с хлыстом в руке, видимо, ее поразила. — Здешняя, что ли?

— Это mademoiselle Blanche de Cominges, а вот и маменька ее madame de Cominges; они квартируют в здешнем отеле, — доложил я.

— Замужем дочь-то? — не церемонясь, расспрашивала бабушка.

— Mademoiselle de Cominges девица, — отвечал я как можно почтительнее и нарочно вполголоса.

— Веселая?

Я было не понял вопроса.

— Не скучно с нею? По-русски понимает? Вот Де-Грие у нас в Москве намастачился по-нашему-то, с пятого на десятое.

Я объяснил ей, что mademoiselle de Cominges никогда не была в России.

— Bonjour![32] — сказала бабушка, вдруг резко обращаясь к mademoiselle Blanche.

— Bonjour, madame, — церемонно и изящно присела

---

[31] Да, сударыня... И поверьте, я в таком восторге... ваше здоровье... это чудо... видеть вас здесь... прелестный сюрприз (франц.).

[32] Здравствуйте (франц.).

mademoiselle Blanche, поспешив, под покровом необыкновенной скромности и вежливости, выказать всем выражением лица и фигуры чрезвычайное удивление к такому странному вопросу и обращению.

— О, глаза опустила, манерничает и церемонничает; сейчас видна птица; актриса какая-нибудь. Я здесь в отеле внизу остановилась, — обратилась она вдруг к генералу, — соседка тебе буду; рад или не рад?

— О тетушка! Поверьте искренним чувствам... моего удовольствия, — подхватил генерал. Он уже отчасти опомнился, а так как при случае он умел говорить удачно, важно и с претензиею на некоторый эффект, то принялся распространяться и теперь. — Мы были так встревожены и поражены известиями о вашем нездоровье... Мы получали такие безнадежные телеграммы, и вдруг...

— Ну, врешь, врешь! — перебила тотчас бабушка.

— Но каким образом, — тоже поскорей перебил и возвысил голос генерал, постаравшись не заметить этого "врешь", — каким образом вы, однако, решились на такую поездку? Согласитесь сами, что в ваших летах и при вашем здоровье... по крайней мере всё это так неожиданно, что понятно наше удивление. Но я так рад... и мы все (он начал умильно и восторженно улыбаться) постараемся изо всех сил сделать вам здешний сезон наиприятнейшим препровождением...

— Ну, довольно; болтовня пустая; нагородил по обыкновению; я и сама сумею прожить. Впрочем, и от вас не прочь; зла не помню. Каким образом, ты спрашиваешь. Да что тут удивительного? Самым простейшим образом. И чего они все удивляются. Здравствуй, Прасковья. Ты здесь что делаешь?

— Здравствуйте, бабушка, — сказала Полина, приближаясь к ней, — давно ли в дороге?

— Ну, вот эта умнее всех спросила, а то: ах да ах! Вот видишь ты: лежала-лежала, лечили-лечили, я докторов прогнала и позвала пономаря от Николы. Он от такой же болезни сенной трухой одну бабу вылечил. Ну, и мне помог; на третий день вся вспотела и поднялась. Потом опять собрались мои немцы, надели очки и стали рядить: "Если бы теперь, говорят, за границу на воды и курс взять, так совсем бы завалы прошли". А почему же нет, думаю? Дурь-Зажигины разахались: "Куда вам, говорят, доехать!". Ну, вот-те на! В один день собралась и на прошлой неделе в пятницу взяла девушку, да Потапыча, да Федора лакея, да этого Федора из Берлина и прогнала, потому: вижу, совсем его не надо, и одна-одинешенька доехала бы... Вагон беру особенный, а носильщики на всех станциях есть, за двугривенный куда хочешь донесут. Ишь вы квартиру нанимаете какую! — заключила она осматриваясь. — Из каких это ты денег, батюшка? Ведь всё у тебя в залоге. Одному этому французишке что должен деньжищ-то! Я ведь всё знаю, всё знаю!

— Я, тетушка... — начал генерал, весь сконфузившись, — я удивляюсь, тетушка... я, кажется, могу и без чьего-либо контроля... притом же мои расходы не превышают моих средств, и мы здесь...

— У тебя-то не превышают? сказал! У детей-то, должно быть, последнее уж заграбил, опекун!

— После этого, после таких слов... — начал генерал в негодовании, — я уже и не знаю...

— То-то не знаешь! небось здесь от рулетки не отходишь? Весь просвистался?

Генерал был так поражен, что чуть не захлебнулся от прилива взволнованных чувств своих.

— На рулетке! Я? При моем значении... Я? Опомнитесь, тетушка, вы еще, должно быть, нездоровы...

— Ну, врешь, врешь; небось оттащить не могут; всё врешь! Я вот посмотрю, что это за рулетка такая, сегодня же. Ты, Прасковья, мне расскажи, где что здесь осматривают, да вот и Алексей Иванович покажет, а ты, Потапыч, записывай все места, куда ехать. Что здесь осматривают? — обратилась вдруг она опять к Полине.

— Здесь есть близко развалины замка, потом Шлангенберг.

— Что это Шлангенберг? Роща, что ли?

— Нет, не роща, это гора; там пуант...

— Какой такой пуант?

— Самая высшая точка на горе, огороженное место. Оттуда вид бесподобный.

— Это на гору-то кресла тащить? Встащат аль нет?

— О, носильщиков сыскать можно, — отвечал я.

В это время подошла здороваться к бабушке Федосья, нянюшка, и подвела генеральских детей.

— Ну, нечего лобызаться! Не люблю целоваться с детьми: все дети сопливые. Ну, ты как здесь, Федосья?

— Здесь очинно, очинно хорошо, матушка Антонида Васильевна, — ответила Федосья. — Как вам-то было, матушка? Уж мы так про вас изболезновались.

— Знаю, ты-то простая душа. Это что у вас, всё гости, что ли? — обратилась она опять к Полине. — Это кто плюгавенький-то, в очках?

— Князь Нильский, бабушка, — прошептала ей Полина.

— А русский? А я думала, не поймет! Не слыхал, может быть! Мистера Астлея я уже видела. Да вот он опять, — увидала его бабушка, — здравствуйте! — обратилась она вдруг к нему.

Мистер Астлей молча ей поклонился.

— Ну, что вы мне скажете хорошего? Скажите что-нибудь! Переведи ему это, Полина. Полина перевела.

— То, что я гляжу на вас с большим удовольствием и радуюсь, что вы в добром здоровье, — серьезно, но с чрезвычайною готовностью ответил мистер Астлей. Бабушке перевели, и ей, видимо, это понравилось.

— Как англичане всегда хорошо отвечают, — заметила она. — Я почему-то всегда любила англичан, сравнения нет с французишками! Заходите ко мне, — обратилась она опять к мистеру Астлею. — Постараюсь вас не очень обеспокоить. Переведи это ему, да скажи ему, что я здесь внизу, здесь внизу, — слышите, внизу, внизу, — повторяла она мистеру Астлею, указывая пальцем вниз.

Мистер Астлей был чрезвычайно доволен приглашением.

Бабушка внимательным и довольным взглядом оглядела с ног до головы Полину.

— Я бы тебя, Прасковья, любила, — вдруг сказала она, — девка ты славная, лучше их всех, да характеришко у тебя — ух!

Ну да и у меня характер; повернись-ка; это у тебя не накладка в волосах-то?

— Нет, бабушка, свои.

— То-то, не люблю теперешней глупой моды. Хороша ты очень. Я бы в тебя влюбилась, если б была кавалером. Чего замуж-то не выходишь? Но, однако, пора мне. И погулять хочется, а то всё вагон да вагон... Ну что ты, всё еще сердишься? — обратилась она к генералу.

— Помилуйте, тетушка, полноте! — спохватился обрадованный генерал, — я понимаю, в ваши лета...

— Cette vieille est tombée en enfance,³³ — шепнул мне Де-Грие.

— Я вот всё хочу здесь рассмотреть. Ты мне Алексея Ивановича-то уступишь? — продолжала бабушка генералу.

— О, сколько угодно, но я и сам... и Полина и monsieur Де-Грие... мы все, все сочтем за удовольствие вас сопутствовать...

— Mais, madame, cela sera un plaisir,³⁴ — подвернулся Де-Грие с обворожительной улыбкой.

— То-то, plaisir. Смешон ты мне, батюшка. Денег-то я тебе, впрочем, не дам, — прибавила она вдруг генералу. — Ну, теперь в мой номер: осмотреть надо, а потом и отправимся по всем местам. Ну, подымайте.

Бабушку опять подняли, и все отправились гурьбой, вслед за креслами, вниз по лестнице. Генерал шел, как будто ошеломленный ударом дубины по голове. Де-Грие что-то соображал. Mademoiselle Blanche хотела было остаться, но почему-то рассудила тоже пойти со всеми. За нею тотчас же отправился и князь, и наверху, в квартире генерала, остались только немец и madame veuve Cominges.

---

³³ Эта старуха впала в детство (франц.).
³⁴ Но, сударыня, это будет удовольствие (франц.).

Глава X

На водах — да, кажется, и во всей Европе — управляющие отелями и обер-кельнеры при отведении квартир посетителям руководствуются не столько требованиями и желаниями их, сколько собственным личным своим на них взглядом; и, надо заметить, редко ошибаются. Но бабушке, уж неизвестно почему, отвели такое богатое помещение, что даже пересолили: четыре великолепно убранные комнаты, с ванной, помещениями для прислуги, особой комнатой для камеристки и прочее, и прочее. Действительно, в этих комнатах неделю тому назад останавливалась какая-то grande duchesse, о чем, конечно, тотчас же и объявлялось новым посетителям, для придания еще большей цены квартире. Бабушку пронесли, или лучше сказать, прокатили по всем комнатам, и она внимательно и строго оглядывала их. Обер-кельнер, уже пожилой человек, с плешивой головой, почтительно сопровождал ее при этом первом осмотре.

Не знаю, за кого они все приняли бабушку, но, кажется, за чрезвычайно важную и, главное, богатейшую особу. В книгу внесли тотчас: "Madame la générale princesse de Tarassevitcheva",[35] хотя бабушка никогда не была княгиней. Своя прислуга, особое помещение в вагоне, бездна ненужных баулов, чемоданов и даже сундуков, прибывших с бабушкой, вероятно, послужили началом престижа; а кресла, резкий тон и голос бабушки, ее эксцентрические вопросы, делаемые с самым не стесняющимся и не терпящим никаких возражений видом, одним словом, вся фигура бабушки — прямая, резкая, повелительная, — довершали всеобщее к ней благоговение. При осмотре бабушка вдруг иногда приказывала останавливать кресла, указывала на какую-нибудь вещь в меблировке и обращалась с неожиданными вопросами к почтительно улыбавшемуся, но уже начинавшему трусить обер-кельнеру. Бабушка предлагала вопросы на французском языке, на

---

[35] Госпожа генеральша, княгиня Тарасевичева (франц.).

котором говорила, впрочем, довольно плохо, так что я обыкновенно переводил. Ответы обер-кельнера большею частию ей не нравились и казались неудовлетворительными. Да и она-то спрашивала всё как будто не об деле, а бог знает о чем. Вдруг, например, остановилась пред картиною — довольно слабой копией с какого-то известного оригинала с мифологическим сюжетом.

— Чей портрет?

Обер-кельнер объявил, что, вероятно, какой-нибудь графини.

— Как же ты не знаешь? Здесь живешь, а не знаешь. Почему он здесь? Зачем глаза косые?

На все эти вопросы обер-кельнер удовлетворительно отвечать не мог и даже потерялся.

— Вот болван-то! — отозвалась бабушка по-русски. Ее понесли далее. Та же история повторилась с одной саксонской статуэткой, которую бабушка долго рассматривала и потом велела вынесть, неизвестно за что.

Наконец пристала к обер-кельнеру: что стоили ковры в спальне и где их ткут? Обер-кельнер обещал справиться.

— Вот ослы-то! — ворчала бабушка и обратила всё свое внимание на кровать.

— Эдакий пышный балдахин! Разверните его. s Постель развернули.

— Еще, еще, всё разверните. Снимите подушки, наволочки, подымите перину.

Всё перевернули. Бабушка осмотрела внимательно.

— Хорошо, что у них клопов нет. Всё белье долой! Постлать мое белье и мои подушки. Однако всё это слишком пышно, куда мне, старухе, такую квартиру: одной скучно. Алексей Иванович, ты бывай ко мне чаще, когда детей перестанешь учить.

— Я со вчерашнего дня не служу более у генерала, — ответил я, — и живу в отеле совершенно сам по себе.

— Это почему так?

— На днях приехал сюда один знатный немецкий барон с баронессой, супругой, из Берлина. Я вчера, на гулянье,

71

заговорил с ним по-немецки, не придерживаясь берлинского произношения.

— Ну, так что же?

— Он счел это дерзостью и пожаловался генералу, а генерал вчера же уволил меня в отставку.

— Да что ж ты обругал, что ли, его, барона-то? (Хоть бы и обругал, так ничего!)

— О нет. Напротив, барон на меня палку поднял.

— И ты, слюняй, позволил так обращаться с своим учителем, — обратилась она вдруг к генералу, — да еще его с места прогнал! Колпаки вы, — все колпаки, как я вижу.

— Не беспокойтесь, тетушка, — отвечал генерал с некоторым высокомерно-фамильярным оттенком, — я сам умею вести мои дела. К тому же Алексей Иванович не совсем вам верно передал.

— А ты так и снес? — обратилась она ко мне.

— Я хотел было на дуэль вызвать барона, — отвечал я как можно скромнее и спокойнее, — да генерал воспротивился.

— Это зачем ты воспротивился? — опять обратилась бабушка к генералу. (А ты, батюшка, ступай, придешь, когда позовут, — обратилась она тоже и к обер-кельнеру, — нечего разиня-то рот стоять. Терпеть не могу эту харю нюрнбергскую!) — Тот откланялся и вышел, конечно, не поняв комплимента бабушки.

— Помилуйте, тетушка, разве дуэли возможны? — отвечал с усмешкой генерал.

— А почему невозможны? Мужчины все петухи; вот бы и дрались. Колпаки вы все, как я вижу, не умеете отечества своего поддержать. Ну, подымите! Потапыч, распорядись, чтоб всегда были готовы два носильщика, найми и уговорись. Больше двух не надо. Носить приходится только по лестницам, а по гладкому, по улице — катить, так и расскажи; да заплати еще им вперед, почтительнее будут. Ты же сам будь всегда при мне, а ты, Алексей Иванович, мне этого барона покажи на гулянье: какой такой фон-барон, хоть бы поглядеть на него. Ну, где же эта рулетка?

Я объяснил, что рулетки расположены в воксале, в залах.

Затем последовали вопросы: много ли их? много ль играют? целый ли день играют? как устроены? Я отвечал, наконец, что всего лучше осмотреть это собственными глазами, а что так описывать довольно трудно.

— Ну, так и нести прямо туда! Иди вперед, Алексей Иванович!

— Как, неужели, тетушка, вы даже и не отдохнете с дороги? — заботливо спросил генерал. Он немного как бы засуетился, да и все они как-то замешались и стали переглядываться. Вероятно, им было несколько щекотливо, даже стыдно сопровождать бабушку прямо в воксал, где она, разумеется, могла наделать каких-нибудь эксцентричностей, но уже публично; между тем все они сами вызвались сопровождать ее.

— А чего мне отдыхать? Не устала; и без того пять дней сидела. А потом осмотрим, какие тут ключи и воды целебные и где они. А потом... как этот, — ты сказала, Прасковья, — пуант, что ли?

— Пуант, бабушка.

— Ну пуант, так пуант. А еще что здесь есть?

— Тут много предметов, бабушка, — затруднилась было Полина.

— Ну, сама не знаешь! Марфа, ты тоже со мной пойдешь, — сказала она своей камеристке.

— Но зачем же ей-то, тетушка? — захлопотал вдруг генерал, — и, наконец, это нельзя; и Потапыча вряд ли в самый воксал пустят.

— Ну, вздор! Что она слуга, так и бросить ее! Тоже ведь живой человек; вот уж неделю по дорогам рыщем, тоже и ей посмотреть хочется. С кем же ей, кроме меня? Одна-то и нос на улицу показать не посмеет.

— Но, бабушка...

— Да тебе стыдно, что ли, со мной? Так оставайся дома, не спрашивают. Ишь, какой генерал; я и сама генеральша. Да и чего вас такой хвост за мной, в самом деле, потащится? Я и с Алексеем Ивановичем всё осмотрю...

Но Де-Грие решительно настоял, чтобы всем сопутствовать,

и пустился в самые любезные фразы насчет удовольствия ее сопровождать и прочее. Все тронулись.

— Elle est tombée en enfance, — повторял Де-Грие генералу, — seule elle fera des bêtises...[36] Далее я не расслышал, но у него, очевидно, были какие-то намерения, а может быть, даже возвратились и надежды.

До воксала было с полверсты. Путь наш шел по каштановой аллее, до сквера, обойдя который вступали прямо в воксал. Генерал несколько успокоился, потому что шествие наше хотя и было довольно эксцентрично, но тем не менее было чинно и прилично. Да и ничего удивительного не было в том факте, что на водах явился больной и расслабленный человек, без ног. Но, очевидно, генерал боялся воксала: зачем больной человек, без ног, да еще старушка, пойдет на рулетку? Полина и mademoiselle Blanche шли обе по сторонам, рядом с катившимся креслом. Mademoiselle Blanche смеялась, была скромно весела и даже весьма любезно заигрывала иногда с бабушкой, так что та ее наконец похвалила. Полина, с другой стороны, обязана была отвечать на поминутные и бесчисленные вопросы бабушки, вроде того: кто это прошел? какая это проехала? велик ли город? велик ли сад? это какие деревья? это какие горы? летают ли тут орлы? какая это смешная крыша? Мистер Астлей шел рядом со мной и шепнул мне, что многого ожидает в это утро. Потапыч и Марфа шли сзади, сейчас за креслами, — Потапыч в своем фраке, в белом галстухе, но в картузе, а Марфа — сорокалетняя, румяная, но начинавшая уже седеть девушка — в чепчике, в ситцевом платье и в скрипучих козловых башмаках. Бабушка весьма часто к ним оборачивалась и с ними заговаривала. Де-Грие и генерал немного отстали и говорили о чем-то с величайшим жаром. Генерал был очень уныл; Де-Грие говорил с видом решительным. Может быть, он генерала ободрял; очевидно, что-то советовал. Но бабушка уже произнесла давеча роковую фразу: "Денег я тебе не дам". Может быть, для Де-Грие это известие казалось невероятным, но генерал знал свою тетушку.

---

[36] одна она наделает глупостей (франц.).

Я заметил, что Де-Грие и mademoiselle Blanche продолжали перемигиваться. Князя и немца-путешественника я разглядел в самом конце аллеи: они отстали и куда-то ушли от нас.

В воксал мы прибыли с триумфом. В швейцаре и в лакеях обнаружилась та же почтительность, как и в прислуге отеля. Смотрели они, однако, с любопытством. Бабушка сначала велела обнести себя по всем залам; иное похвалила, к другому осталась совершенно равнодушна; обо всем расспрашивала. Наконец дошли и до игорных зал. Лакей, стоявший у запертых дверей часовым, как бы пораженный, вдруг отворил двери настежь.

Появление бабушки у рулетки произвело глубокое впечатление на публику. За игорными рулеточными столами и на другом конце залы, где помещался стол с trente et quarante, толпилось, может быть, полтораста или двести игроков, в несколько рядов. Те, которые успевали протесниться к самому столу, по обыкновению, стояли крепко и не упускали своих мест до тех пор, пока не проигрывались; ибо так стоять простыми зрителями и даром занимать игорное место не позволено. Хотя кругом стола и уставлены стулья, но немногие из игроков садятся, особенно при большом стечении публики, потому что стоя можно установиться теснее и, следовательно, выгадать место, да и ловчее ставить. Второй и третий ряды теснились за первыми, ожидая и наблюдая свою очередь; но в нетерпении просовывали иногда чрез первый ряд руку, чтоб поставить свои куши. Даже из третьего ряда изловчались таким образом просовывать ставки; от этого не проходило десяти и даже пяти минут, чтоб на каком-нибудь конце стола не началась "история" за спорные ставки. Полиция воксала, впрочем, довольно хороша. Тесноты, конечно, избежать нельзя; напротив, наплыву публики рады, потому что это выгодно; но восемь круперов, сидящих кругом стола, смотрят во все глаза за ставками, они же и рассчитываются, а при возникающих спорах они же их и разрешают. В крайних же случаях зовут полицию, и дело кончается в минуту. Полицейские помещаются тут же в зале, в партикулярных платьях, между зрителями, так что их и узнать нельзя. Они особенно смотрят за воришками и промышленниками, которых на рулетках особенно много, по необыкновенному удобству промысла. В самом деле, везде в других местах воровать приходится из карманов и из-под замков, а это, в случае неудачи, очень хлопотливо оканчивается. Тут же, просто-запросто, стоит только к рулетке подойти, начать играть и вдруг, явно и гласно, взять чужой выигрыш и положить в свой карман; если же затеется спор, то мошенник вслух и громко настаивает, что ставка — его собственная. Если дело сделано ловко и свидетели колеблются, то вор очень часто успевает оттягать деньги себе, разумеется если сумма не очень значительная. В последнем случае она, наверное, бывает замечена круперами или кем-нибудь из других игроков еще прежде. Но если сумма не так значительна, то настоящий хозяин даже иногда просто отказывается продолжать спор, совестясь скандала, и отходит. Но если успевают вора изобличить, то тотчас же выводят со скандалом.

На всё это бабушка смотрела издали, с диким любопытством. Ей очень понравилось, что воришек выводят. Trente et quarante мало возбудило ее любопытство; ей больше понравилась рулетка и что катается шарик. Она пожелала, наконец, разглядеть игру поближе. Не понимаю, как это случилось, но лакеи и некоторые другие суетящиеся агенты (преимущественно проигравшиеся полячки, навязывающие свои услуги счастливым игрокам и всем иностранцам) тотчас нашли и очистили бабушке место, несмотря на всю эту тесноту, у самой средины стола, подле главного крупера, и подкатили туда ее кресло. Множество посетителей, не играющих, но со стороны наблюдающих игру (преимущественно англичане с их семействами), тотчас же затеснились к столу, чтобы из-за игроков поглядеть на бабушку. Множество лорнетов обратилось в ее сторону. У круперов родились надежды: такой эксцентрический игрок действительно как будто обещал что-нибудь необыкновенное. Семидесятилетняя женщина без ног и желающая играть — конечно, был случай не обыденный. Я протеснился тоже к столу и устроился подле бабушки. Потапыч и Марфа остались где-то далеко в стороне, между народом. Генерал, Полина, Де-Грие и mademoiselle Blanche тоже поместились в стороне, между зрителями.

Бабушка сначала стала осматривать игроков. Она задавала мне резкие, отрывистые вопросы полушепотом: кто это такой? это кто такая? Ей особенно понравился в конце стола один очень молодой человек, игравший в очень большую игру, ставивший тысячами и наигравший, как шептали кругом, уже тысяч до сорока франков, лежавших перед ним в куче, золотом и в банковых билетах. Он был бледен; у него сверкали глаза и тряслись руки; он ставил уже без всякого расчета, сколько рука захватит, а между тем всё выигрывал да выигрывал, всё загребал да загребал. Лакеи суетились кругом него, подставляли ему сзади кресла, очищали вокруг него место, чтоб ему было просторнее, чтоб его не теснили, — всё это в ожидании богатой благодарности. Иные игроки с выигрыша дают им иногда не считая, а так, с радости, тоже сколько рука из кармана захватит. Подле молодого человека уже устроился один полячок, суетившийся изо всех сил, и почтительно, но беспрерывно что-то шептал ему, вероятно, указывая, как ставить, советуя и направляя игру, — разумеется, тоже ожидая впоследствии подачки. Но игрок почти и не смотрел на него, ставил зря и всё загребал. Он, видимо, терялся.

Бабушка наблюдала его несколько минут.

— Скажи ему, — вдруг засуетилась бабушка, толкая меня, — скажи ему, чтоб бросил, чтоб брал поскорее деньги и уходил. Проиграет, сейчас всё проиграет! — захлопотала она, чуть не задыхаясь от волнения. — Где Потапыч? Послать к нему Потапыча! Да скажи же, скажи же, — толкала она меня, — да где же, в самом деле, Потапыч! Sortez, sortez![37] — начала было она сама кричать молодому человеку. — Я нагнулся к ней и решительно прошептал, что здесь так кричать нельзя и даже разговаривать чуть-чуть громко не позволено, потому что это мешает счету, и что нас сейчас прогонят.

— Экая досада! Пропал человек, значит сам хочет...

---

[37] Уходите, уходите! (франц.)

смотреть на него не могу, всю ворочает. Экой олух! — и бабушка поскорей оборотилась в другую сторону.

Там, налево, на другой половине стола, между игроками, заметна была одна молодая дама и подле нее какой-то карлик. Кто был этот карлик — не знаю: родственник ли ее, или так она брала его для эффекта. Эту барыню я замечал и прежде; она являлась к игорному столу каждый день, в час пополудни, и уходила ровно в два; каждый день играла по одному часу. Ее уже знали и тотчас же подставляли ей кресла. Она вынимала из кармана несколько золота, несколько тысячефранковых билетов и начинала ставить тихо, хладнокровно, с расчетом, отмечая на бумажке карандашом цифры и стараясь отыскать систему, по которой в данный момент группировались шансы. Ставила она значительными кушами. Выигрывала каждый день одну, две, много три тысячи франков — не более и, выиграв, тотчас же уходила. Бабушка долго ее рассматривала.

— Ну, эта не проиграет! эта вот не проиграет! Из каких? Не знаешь? Кто такая?

— Француженка, должно быть, из эдаких, — шепнул я.

— А, видна птица по полету. Видно, что ноготок востер. Растолкуй ты мне теперь, что каждый поворот значит и как надо ставить?

Я по возможности растолковал бабушке, что значат эти многочисленные комбинации ставок, rouge et noir, pair et impair, manque et passe[38] и, наконец, разные оттенки в системе чисел. Бабушка слушала внимательно, запоминала, переспрашивала и заучивала. На каждую систему ставок можно было тотчас же привести и пример, так что многое заучивалось и запоминалось очень легко и скоро. Бабушка осталась весьма довольна.

— А что такое zéro?[39] Вот этот крупер, курчавый, главный-то, крикнул сейчас zéro? И почему он всё загреб, что ни было на столе? Эдакую кучу, всё себя взял? Это что такое?

— А zéro, бабушка, выгода банка. Если шарик упадет на

---

[38] красное и черное, чет и нечет, недобор и перебор (франц.).
[39] ноль (франц.).

zéro, то всё, что ни поставлено на столе, принадлежит банку без расчета. Правда, дается еще удар на розыгрыш, но зато банк ничего не платит.

— Вот-те на! а я ничего не получаю?

— Нет, бабушка, если вы пред этим ставили на zéro, то когда выйдет zéro, вам платят в тридцать пять раз больше.

— Как, в тридцать пять раз, и часто выходит? Что ж они, дураки, не ставят?

— Тридцать шесть шансов против, бабушка.

— Вот вздор! Потапыч! Потапыч! Постой, и со мной есть деньги — вот! Она вынула из кармана туго набитый, кошелек и взяла из него фридрихсдор. — На, поставь сейчас на zéro.

— Бабушка, zéro только что вышел, — сказал я, — стало быть, теперь долго не выйдет. Вы много проставите; подождите хоть немного.

— Ну, врешь, ставь!

— Извольте, но он до вечера, может быть, не выйдет, вы до тысячи проставите, это случалось.

— Ну, вздор, вздор! Волка бояться — в лес не ходить. Что? проиграл? Ставь еще!

Проиграли и второй фридрихсдор; поставили третий. Бабушка едва сидела на месте, она так и впилась горящими глазами в прыгающий по зазубринам вертящегося колеса шарик. Проиграли и третий. Бабушка из себя выходила, на месте ей не сиделось, даже кулаком стукнула по столу, когда крупер провозгласил "trente six"[40] вместо ожидаемого zéro.

— Эк ведь его! — сердилась бабушка, — да скоро ли этот зеришка проклятый выйдет? Жива не хочу быть, а уж досижу до zéro! Это этот проклятый курчавый круперишка делает, у него никогда не выходит! Алексей Иванович, ставь два золотых за раз! Это столько проставишь, что и выйдет zéro, так ничего не возьмешь.

— Бабушка!

— Ставь, ставь! Не твои.

Я поставил два фридрихсдора. Шарик долго летал по

---

[40] тридцать шесть (франц.)

колесу, наконец стал прыгать по зазубринам. Бабушка замерла и стиснула мою руку, и вдруг — хлоп!

— Zéro, — провозгласил крупер.

— Видишь, видишь! — быстро обернулась ко мне бабушка, вся сияющая и довольная. — Я ведь сказала, сказала тебе! И надоумил меня сам господь поставить два золотых. Ну, сколько же я теперь получу? Что ж не выдают? Потапыч, Марфа, где же они? Наши все куда же ушли? Потапыч, Потапыч!

— Бабушка, после, — шептал я, — Потапыч у дверей, его сюда не пустят. Смотрите, бабушка, вам деньги выдают, получайте! Бабушке выкинули запечатанный в синей бумажке тяжеловесный сверток с пятидесятью фридрихсдорами и отсчитали не запечатанных еще двадцать, фридрихсдоров. Всё это я пригреб к бабушке лопаткой.

— Faites le jeu, messieurs! Faites le jeu, messieurs! Rien ne va plus?[41] — возглашал крупер, приглашая ставить и готовясь вертеть рулетку.

— Господи! опоздали! сейчас завертят! Ставь, ставь! — захлопотала бабушка, — да не мешкай, скорее, — выходила она из себя, толкая меня изо всех сил.

— Да куда ставить-то, бабушка?

— На zéro, на zéro! опять на zéro! Ставь как можно больше! Сколько у нас всего? Семьдесят фридрихсдоров? Нечего их жалеть, ставь по двадцати фридрихсдоров разом.

— Опомнитесь, бабушка! Он иногда по двести раз не выходит! Уверяю вас, вы весь капитал проставите.

— Ну, врешь, врешь! ставь! Вот язык-то звенит! Знаю, что делаю, — даже затряслась в исступлении бабушка.

— По уставу разом более двенадцати фридрихсдоров на zéro ставить не позволено, бабушка, — ну вот я поставил.

— Как не позволено? Да ты не врешь ли! Мусье! мусье! — затолкала она крупера, сидевшего тут же подле нее слева и приготовившегося вертеть, — combien zéro? douze? douze?[42]

Я поскорее растолковал вопрос по-французски.

— Oui, madame,[43] — вежливо подтвердил крупер, — равно как всякая единичная ставка не должна превышать разом четырех тысяч флоринов, по уставу, — прибавил он в пояснение.

— Ну, нечего делать, ставь двенадцать.

— Le jeu est fait![44] — крикнул крупер. Колесо завертелось, и вышло тринадцать. Проиграли!

— Еще! еще! еще! ставь еще! — кричала бабушка. Я уже не противоречил и, пожимая плечами, поставил еще двенадцать фридрихсдоров. Колесо вертелось долго. Бабушка просто дрожала, следя за колесом. "Да неужто она и в самом деле думает опять zéro выиграть?" — подумал я, смотря на нее с удивлением. Решительное убеждение в выигрыше сияло на лице ее, непременное ожидание, что вот-вот сейчас крикнут: zéro! Шарик вскочил в клетку.

— Zéro! — крикнул крупер.

— Что!!! — с неистовым торжеством обратилась ко мне бабушка.

Я сам был игрок; я почувствовал это в ту самую минуту. У меня руки-ноги дрожали, в голову ударило. Конечно, это был редкий случай, что на каких-нибудь десяти ударах три раза выскочил zéro; но особенно удивительного тут не было ничего. Я сам был свидетелем, как третьего дня вышло три zéro сряду и при этом один из игроков, ревностно отмечавший на бумажке удары, громко заметил, что не далее, как вчера, этот же самый zéro упал в целые сутки один раз.

С бабушкой, как с выигравшей самый значительный выигрыш, особенно внимательно и почтительно рассчитались. Ей приходилось получить ровно четыреста двадцать фридрихсдоров, то есть четыре тысячи флоринов и двадцать фридрихсдоров. Двадцать фридрихсдоров ей выдали золотом, а четыре тысячи — банковыми билетами.

Но этот раз бабушка не звала Потапыча; она была занята

---

[43] Да, сударыня (франц.).
[44] Игра сделана! (франц.).

не тем. Она даже не толкалась и не дрожала снаружи. Она, если можно так выразиться, дрожала изнутри. Вся на чем-то сосредоточилась, так и прицелилась:

— Алексей Иванович! он сказал, зараз можно только четыре тысячи флоринов поставить? На, бери, ставь эти все четыре на красную, — решила бабушка.

Было бесполезно отговаривать. Колесо завертелось.

— Rouge! — провозгласил крупер. Опять выигрыш в четыре тысячи флоринов, всего, стало быть, восемь.

— Четыре сюда мне давай, а четыре ставь опять на красную, — командовала бабушка. Я поставил опять четыре тысячи.

— Rouge! — провозгласил снова крупер.

— Итого двенадцать! Давай их все сюда. Золото ссыпай сюда, в кошелек, а билеты спрячь.

— Довольно! Домой! Откатите кресла!

Глава XI

Кресла откатили к дверям, на другой конец залы. Бабушка сияла. Все наши стеснились тотчас же кругом нее с поздравлениями. Как ни эксцентрично было поведение бабушки, но ее триумф покрывал многое, и генерал уже не боялся скомпрометировать себя в публике родственными отношениями с такой странной женщиной. С снисходительною и фамильярно-веселою улыбкою, как бы теша ребенка, поздравил он бабушку. Впрочем, он был видимо поражен, равно как и все зрители. Кругом говорили и указывали на бабушку. Многие проходили мимо нее, чтобы ближе ее рассмотреть. Мистер Астлей толковал о ней в стороне с двумя своими знакомыми англичанами. Несколько величавых зрительниц, дам, с величавым недоумением рассматривали ее как какое-то чудо. Де-Грие так и рассыпался в поздравлениях и улыбках.

— Quelle victoire![45] — говорил он.

— Mais, madame, c'était du feu![46] — прибавила с заигрывающей улыбкой mademoiselle Blanche.

— Да-с, вот взяла да и выиграла двенадцать тысяч флоринов! Какое двенадцать, а золото-то? G золотом почти что тринадцать выйдет. Это сколько по-нашему? Тысяч шесть, что ли, будет?

Я доложил, что и за семь перевалило, а по теперешнему курсу, пожалуй, и до восьми дойдет.

— Шутка, восемь тысяч! А вы-то сидите здесь, колпаки, ничего не делаете! Потапыч, Марфа, видели?

— Матушка, да как это вы? Восемь тысяч рублей, — восклицала, извиваясь, Марфа.

— Нате, вот вам от меня по пяти золотых, вот! Потапыч и Марфа бросились целовать ручки.

— И носильщикам дать по фридрихсдору. Дай им по

золотому, Алексей Иванович. Что это лакей кланяется, и другой тоже? Поздравляют? Дай им тоже по фридрихсдору.

— Madame la princesse... un pauvre expatrié... malheur continuel... les princes russes sont si généreux,[47] — увивалась около кресел одна личность в истасканном сюртуке, пестром жилете, в усах, держа картуз на отлете и с подобострастною улыбкой...

— Дай ему тоже фридрихсдор. Нет, дай два; ну, довольно, а то конца с ними не будет. Подымите, везите! Прасковья, — обратилась она к Полине Александровне, — я тебе завтра на платье куплю, и той куплю mademoiselle... как ее, mademoiselle Blanche, что ли, ей тоже на платье куплю. Переведи ей, Прасковья!

— Merci, madame, — умильно присела mademoiselle Blanche, искривив рот в насмешливую улыбку, которою обменялась с Де-Грие и генералом. Генерал отчасти конфузился и ужасно был рад, когда мы добрались до аллеи.

— Федосья, Федосья-то, думаю, как удивится теперь, — говорила бабушка, вспоминая о знакомой генеральской нянюшке. — И ей нужно на платье подарить. Эй, Алексей Иванович, Алексей Иванович, подай этому нищему!

По дороге проходил какой-то оборванец, с скрюченною спиной, и глядел на нас.

— Да это, может быть, и не нищий, а какой-нибудь прощелыга, бабушка.

— Дай! дай! дай ему гульден!

Я подошел и подал. Он посмотрел на меня с диким недоумением, однако молча взял гульден. От него пахло вином.

— А ты, Алексей Иванович, не пробовал еще счастия?

— Нет, бабушка.

— А у самого глаза горели, я видела.

— Я еще попробую, бабушка, непременно, потом.

— И прямо ставь на zéro! Вот увидишь! Сколько у тебя капиталу?

---

[47] Госпожа княгиня... бедный эмигрант... постоянное несчастье... русские князья так щедры (франц.).

— Всего только двадцать фридрихсдоров, бабушка.

— Немного. Пятьдесят фридрихсдоров я тебе дам взаймы, если хочешь. Вот этот самый сверток и бери, а ты, батюшка, все-таки не жди, тебе не дам! — вдруг обратилась она к генералу.

Того точно перевернуло, но он промолчал. Де-Грие нахмурился.

— Que diable, c'est une terrible vieille![48] — прошептал он сквозь зубы генералу.

— Нищий, нищий, опять нищий! — закричала бабушка. — Алексей Иванович, дай и этому гульден.

На этот раз повстречался седой старик, с деревянной ногой, в каком-то синем длиннополом сюртуке и с длинною тростью в руках. Он похож был на старого солдата. Но когда я протянул ему гульден, он сделал шаг назад и грозно осмотрел меня.

— Was ist's der Teufel![49] — крикнул он, прибавив к этому еще с десяток ругательств.

— Ну дурак! — крикнула бабушка, махнув рукою. — Везите дальше! Проголодалась! Теперь сейчас обедать, потом немного поваляюсь и опять туда.

— Вы опять хотите играть, бабушка? — крикнул я.

— Как бы ты думал? Что вы-то здесь сидите да киснете, так и мне на вас смотреть?

— Mais, madame, — приблизился Де-Грие, — les chances peuvent tourner, une seule mauvaise chance et vous perdrez tout... surtout avec votre jeu... c'était terrible![50]

— Vous perdrez absolument,[51] — защебетала mademoiselle Blanche.

— Да вам-то всем какое дело? Не ваши проиграю — свои! А где этот мистер Астлей? — спросила она меня.

---

[48] Черт возьми, ужасная старуха! (франц.).
[49] Черт побери, что это такое! (нем.).
[50] Но, сударыня, удача может изменить, один неудачный ход — и вы проиграете всё... особенно с вашими ставками... это ужасно! (франц.).
[51] Вы проиграете непременно (франц.).

— В воксале остался, бабушка.

— Жаль; вот этот так хороший человек.

Прибыв домой, бабушка еще на лестнице, встретив обер-кельнера, подозвала его и похвасталась своим выигрышем; затем позвала Федосью, подарила ей три фридрихсдора и велела подавать обедать. Федосья и Марфа так и рассыпались пред нею за обедом.

— Смотрю я на вас, матушка, — трещала Марфа, — и говорю Потапычу, что это наша матушка хочет делать. А на столе денег-то, денег-то, батюшки! всю-то жизнь столько денег не видывала, а всё кругом господа, всё одни господа сидят. И откуда, говорю, Потапыч, это всё такие здесь господа? Думаю, помоги ей сама мати-божия. Молюсь я за вас, матушка, а сердце вот так и замирает, так и замирает, дрожу, вся дрожу. Дай ей, господи, думаю, а тут вот вам господь и послал. До сих пор, матушка, так и дрожу, так вот вся и дрожу.

— Алексей Иванович, после обеда, часа в четыре, готовься, пойдем. А теперь покамест прощай, да докторишку мне какого-нибудь позвать не забудь, тоже и воды пить надо. А то и позабудешь, пожалуй!

Я вышел от бабушки как одурманенный. Я старался себе представить, что теперь будет со всеми нашими и какой оборот примут дела? Я видел ясно, что они (генерал преимущественно) еще не успели прийти в себя, даже и от первого впечатления. Факт появления бабушки вместо ожидаемой с часу на час телеграммы об ее смерти (а стало быть, и о наследстве) до того раздробил всю систему их намерений и принятых решений, что они с решительным недоумением и с каким-то нашедшим на всех столбняком относились к дальнейшим подвигам бабушки на рулетке.

А между тем этот второй факт был чуть ли не важнее первого, потому что хоть бабушка и повторила два раза, что денег генералу не даст, но ведь кто знает, — все-таки не должно было еще терять надежды. Не терял же ее Де-Грие, замешанный во все дела генерала. Я уверен, что и mademoiselle Blanche, тоже весьма замешанная (еще бы: генеральша и значительное наследство!), не потеряла бы надежды и употребила бы все обольщения кокетства над бабушкой — в контраст с неподатливою и неумеющею приласкаться гордячкой Полиной. Но теперь, теперь, когда бабушка совершила такие подвиги на рулетке, теперь, когда личность бабушки отпечаталась пред ними так ясно и типически (строптивая, властолюбивая старуха et tombée en enfance), теперь, пожалуй, и всё погибло: ведь она, как ребенок, рада, что дорвалась, и, как водится, проиграется в пух. "Боже! — подумал я (и прости меня, господи, с самым злорадным смехом), — боже, да ведь каждый фридрихсдор, поставленный бабушкою давеча, ложился болячкою на сердце генерала, бесил Де-Грие и доводил до исступления mademoiselle de Cominges, у которой мимо рта проносили ложку. Вот и еще факт: даже с выигрыша, с радости, когда бабушка раздавала всем деньги и каждого прохожего принимала за нищего, даже и тут у ней вырвалось к генералу: "А тебе-то все-таки не дам!" Это значит: села на этой мысли, уперлась, слово такое себе дала; — опасно! опасно!"

Все эти соображения ходили в моей голове в то время, как я поднимался от бабушки по парадной лестнице, в самый верхний этаж, в свою каморку. Всё это занимало меня сильно; хотя, конечно, я и прежде мог предугадывать главные толстейшие нити, связывавшие предо мною актеров, но все-таки окончательно не знал всех средств и тайн этой игры. Полина никогда не была со мною вполне доверчива. Хоть и случалось, правда, что она открывала мне подчас, как бы невольно, свое сердце, но я заметил, что часто, да почти и всегда, после этих открытий или в смех обратит всё сказанное, или запутает и с намерением придаст всему ложный вид. О! она многое скрывала! Во всяком случае, я предчувствовал, что подходит финал всего этого таинственного и напряженного состояния. Еще один удар — и всё будет кончено и обнаружено. О своей участи, тоже во всем этом заинтересованный, я почти не заботился. Странное у меня настроение: в кармане всего двадцать фридрихсдоров; я далеко на чужой стороне, без места и без средств к существованию, без надежды, без расчетов и — не забочусь об этом! Если бы не дума о Полине, то я просто весь отдался бы одному комическому интересу предстоящей развязки и хохотал бы во всё горло. Но Полина смущает меня; участь ее решается, это я предчувствовал, но, каюсь, совсем не участь ее меня беспокоит. Мне хочется проникнуть в ее тайны; мне хотелось бы, чтобы она пришла ко мне и сказала: "Ведь я люблю тебя", а если нет, если это безумство немыслимо, то тогда... ну, да чего пожелать? Разве я знаю, чего желаю? Я сам как потерянный; мне только бы быть при ней, в ее ореоле, в ее сиянии, навечно, всегда, всю жизнь. Дальше я ничего не знаю! И разве я могу уйти от нее?

В третьем этаже, в их коридоре, меня что-то как толкнуло. Я обернулся и, в двадцати шагах или более, увидел выходящую из двери Полину. Она точно выжидала и высматривала меня и тотчас же к себе поманила.

— Полина Александровна...

— Тише! — предупредила она.

— Представьте себе, — зашептал я, — меня сейчас точно что толкнуло в бок; оглядываюсь — вы! Точно электричество исходит из вас какое-то!

Возьмите это письмо, — заботливо и нахмуренно произнесла Полина, наверное не расслышав того, что я сказал, — и передайте лично мистеру Астлею сейчас. Поскорее, прошу вас. Ответа не надо. Он сам...

Она не договорила.

— Мистеру Астлею? — переспросил я в удивлении. Но Полина уже скрылась в дверь.

— Ага, так у них переписка! — я, разумеется, побежал тотчас же отыскивать мистера Астлея, сперва в его отеле, где его не застал, потом в воксале, где обегал все залы, и наконец, в досаде, чуть не в отчаянии, возвращаясь домой, встретил его случайно, в кавалькаде каких-то англичан и англичанок, верхом. Я поманил его, остановил и передал ему письмо. Мы не успели и переглянуться. Но я подозреваю, что мистер Астлей нарочно поскорее пустил лошадь.

Мучила ли меня ревность? Но я был в самом разбитом состоянии духа. Я и удостовериться не хотел, о чем они переписываются. Итак, он ее поверенный! "Друг-то друг, — думал я, — и это ясно (и когда он успел сделаться), но есть ли тут любовь?" "Конечно, нет", — шептал мне рассудок. Но ведь одного рассудка в эдаких случаях мало. Во всяком случае предстояло и это разъяснить. Дело неприятно усложнялось.

Не успел я войти в отель, как швейцар и вышедший из своей комнаты обер-кельнер сообщили мне, что меня требуют, ищут, три раза посылали наведываться: где я? — просят как можно скорее в номер к генералу. Я был в самом скверном расположении духа. У генерала в кабинете я нашел, кроме самого генерала, Де-Грие и mademoiselle Blanche, одну, без матери. Мать была решительно подставная особа, употреблявшаяся только для парада; но когда доходило до настоящего дела, то mademoiselle Blanche орудовала одна. Да и вряд ли та что-нибудь знала про дела своей названной дочки.

Они втроем о чем-то горячо совещались, и даже дверь кабинета была заперта, чего никогда не бывало. Подходя к дверям, я расслышал громкие голоса — дерзкий и язвительный разговор Де-Грие, нахально-ругательный и бешеный крик Blanche и жалкий голос генерала, очевидно в чем-то оправдывавшегося. При появлении моем все они как бы поприудержались и подправились. Де-Грие поправил волосы и из сердитого лица сделал улыбающееся, — тою скверною, официально-учтивою, французскою улыбкою, которую я так ненавижу. Убитый и потерявшийся генерал приосанился, но как-то машинально. Одна только mademoiselle Blanche почти не изменила своей сверкающей гневом физиономии и только замолкла, устремив на меня взор с нетерпеливым ожиданием. Замечу, что она до невероятности небрежно доселе со мною обходилась, даже не отвечала на мои поклоны, — просто не примечала меня.

— Алексей Иванович, — начал нежно распекающим тоном генерал, — позвольте вам объявить, что странно, в высочайшей степени странно... одним словом, ваши поступки относительно меня и моего семейства... одним словом, в высочайшей степени странно...

— Eh! ce n'est pas ça, — с досадой и презрением перебил Де-Грие. (Решительно, он всем заправлял!) — Mon cher

89

monsieur, notre cher général se trompe,[52] — впадая в такой тон (продолжаю его речь по-русски), но он хотел вам сказать... то есть вас предупредить или, лучше сказать, просить вас убедительнейше, чтобы вы не губили его, — ну да, не губили! Я употребляю именно это выражение...

— Но чем же, чем же? — прервал я.

— Помилуйте, вы беретесь быть руководителем (или как это сказать?) этой старухи, cette pauvre terrible vieille,[53] — сбивался сам Де-Грие, — но ведь она проиграется; она проиграется вся в пух! Вы сами видели, вы были свидетелем, как она играет! Если она начнет проигрывать, то она уж и не отойдет от стола, из упрямства, из злости, и всё будет играть, всё будет играть, а в таких случаях никогда не отыгрываются, и тогда... тогда...

— И тогда, — подхватил генерал, — тогда вы погубите всё семейство! Я и мое семейство, мы — ее наследники, у ней нет более близкой родни. Я вам откровенно скажу: дела мои расстроены, крайне расстроены. Вы сами отчасти знаете... Если она проиграет значительную сумму или даже, пожалуй, всё состояние (о боже!), что тогда будет с ними, с моими детьми! (генерал оглянулся на Де-Грие) — со мною! (Он поглядел на mademoiselle Blanche, с презрением от него отвернувшуюся). Алексей Иванович, спасите, спасите нас!..

— Да чем же, генерал, скажите, чем я могу... Что я-то тут значу?

— Откажитесь, откажитесь, бросьте ее!..

— Так другой найдется! — вскричал я.

— Ce n'est pas ça, ce n'est pas ça, — перебил опять Де-Грие, — que diable! Нет, не покидайте, но по крайней мере усовестите, уговорите, отвлеките... Ну, наконец, не дайте ей проиграть слишком много, отвлеките ее как-нибудь.

— Да как я это сделаю? Если бы вы сами взялись за это, monsieur Де-Грие, — прибавил я как можно наивнее.

Тут я заметил быстрый, огненный, вопросительный взгляд

---

[52] Это не то... Дорогой мой, наш милый генерал ошибается (франц.).

[53] этой бедной, ужасной старухи (франц.).

mademoiselle Blanche на Де-Грие. В лице самого Де-Грие мелькнуло что-то особенное, что-то откровенное, от чего он не мог удержаться.

— То-то и есть, что она меня не возьмет теперь! — вскричал, махнув рукой, Де-Грие. — Если б!.. потом...

Де-Грие быстро и значительно поглядел на mademoiselle Blanche.

— O mon cher monsieur Alexis, soyez si bon,[54] — шагнула ко мне с обворожительною улыбкою сама mademoiselle Blanche, схватила меня за обе руки и крепко сжала. Черт возьми! это дьявольское лицо умело в одну секунду меняться. В это мгновение у ней явилось такое просящее лицо, такое милое, детски улыбающееся и даже шаловливое; под конец фразы она плутовски мне подмигнула, тихонько от всех; срезать разом, что ли, меня хотела? И недурно вышло, — только уж грубо было это, однако, ужасно.

Подскочил за ней и генерал, — именно подскочил.

— Алексей Иванович, простите, что я давеча так с вами начал, я не то совсем хотел сказать... Я вас прошу, умоляю, в пояс вам кланяюсь по-русски, — вы один, один можете нас спасти! Я и mademoiselle Cominges вас умоляем, — вы понимаете, ведь вы понимаете? — умолял он, показывая мне глазами на mademoiselle Blanche. Он был очень жалок.

В эту минуту раздались три тихие и почтительные удара в дверь; отворили — стучал коридорный слуга, а за ним, в нескольких шагах, стоял Потапыч. Послы были от бабушки. Требовалось сыскать и доставить меня немедленно, "сердятся", — сообщил Потапыч.

— Но ведь еще только половина четвертого!

— Они и заснуть не могли, всё ворочались, потом вдруг встали, кресла потребовали и за вами. Уж они теперь на крыльце-с...

— Quelle mégère![55] — крикнул Де-Грие.

Действительно, я нашел бабушку уже на крыльце,

---

[54] О дорогой господин Алексей, будьте так добры (франц.).

[55] Какая мегера! (франц.).

выходящую из терпения, что меня нет. До четырех часов она не выдержала.

— Ну, подымайте! — крикнула она, и мы отправились опять на рулетку.

Глава XII

Бабушка была в нетерпеливом и раздражительном состоянии духа; видно было, что рулетка у ней крепко засела в голове. Ко всему остальному она была невнимательна и вообще крайне рассеянна. Ни про что, например, по дороге не расспрашивала, как давеча. Увидя одну богатейшую коляску, промчавшуюся мимо нас вихрем, она было подняла руку и спросила: "Что такое? Чьи?" — но, кажется, и не расслышала моего ответа; задумчивость ее беспрерывно прерывалась резкими и нетерпеливыми телодвижениями и выходками. Когда я ей показал издали, уже подходя к воксалу, барона и баронессу Вурмергельм, она рассеянно посмотрела и совершенно равнодушно сказала: "А!" — и, быстро обернувшись к Потапычу и Марфе, шагавшим сзади, отрезала им:

— Ну, вы зачем увязались? Не каждый раз брать вас! Ступайте домой! Мне и тебя довольно, — прибавила она мне, когда те торопливо поклонились и воротились домой.

В воксале бабушку уже ждали. Тотчас же отгородили ей то же самое место, возле крупера. Мне кажется, эти круперы, всегда такие чинные и представляющие из себя обыкновенных чиновников, которым почти решительно всё равно: выиграет ли банк или проиграет, — вовсе не равнодушны к проигрышу банка и, уж конечно, снабжены кой-какими инструкциями для привлечения игроков и для вящего наблюдения казенного интереса, за что непременно и сами получают призы и премии. По крайней мере на бабушку смотрели уж как на жертвочку. Затем, что у нас предполагали, то и случилось.

Вот как было дело.

Бабушка прямо накинулась на zéro и тотчас же велела ставить по двенадцати фридрихсдоров. Поставили раз, второй, третий — zéro не выходил. "Ставь, ставь!" — толкала меня бабушка в нетерпении. Я слушался.

— Сколько раз проставили? — спросила она наконец, скрежеща зубами от нетерпения.

— Да уж двенадцатый раз ставил, бабушка. Сто сорок четыре фридрихсдора проставили. Я вам говорю, бабушка, до вечера, пожалуй...

— Молчи! — перебила бабушка. — Поставь на zéro и поставь сейчас на красную тысячу гульденов. На, вот билет.

Красная вышла, а zéro опять лопнул; воротили тысячу гульденов.

— Видишь, видишь! — шептала бабушка, — почти всё, что проставили, воротили. Ставь опять на zéro; еще раз десять поставим и бросим.

Но на пятом разе бабушка совсем соскучилась.

— Брось этот пакостный зеришко к черту. На, ставь все четыре тысячи гульденов на красную, — приказала она.

— Бабушка! много будет; ну как не выйдет красная, — умолял я; но бабушка чуть меня не прибила. (А впрочем, она так толкалась, что почти, можно сказать, и дралась). Нечего было делать, я поставил на красную все четыре тысячи гульденов, выигранные давеча. Колесо завертелось. Бабушка сидела спокойно и гордо выпрямившись, не сомневаясь в непременном выигрыше.

— Zéro, — возгласил крупер.

Сначала бабушка не поняла, но когда увидела, что крупер загреб ее четыре тысячи гульденов, вместе со всем, что стояло на столе, и узнала, что zéro, который так долго не выходил и на котором мы проставили почти двести фридрихсдоров, выскочил, как нарочно, тогда, когда бабушка только что его обругала и бросила, то ахнула и на всю залу всплеснула руками. Кругом даже засмеялись.

— Батюшки! Он тут-то проклятый и выскочил! — вопила бабушка, — ведь эдакой, эдакой окаянный! Это ты! Это всё ты! — свирепо накинулась на меня, толкаясь. — Это ты меня отговорил.

— Бабушка, я вам дело говорил, как могу отвечать я за все шансы?

— Я-те дам шансы! — шептала она грозно, — пошел вон от меня.

— Прощайте, бабушка, — повернулся я уходить.

— Алексей Иванович, Алексей Иванович, останься! Куда ты? Ну, чего, чего? Ишь рассердился! Дурак! Ну побудь, побудь еще, ну, не сердись, я сама дура! Ну скажи, ну что теперь делать!

— Я, бабушка, не возьмусь вам подсказывать, потому что вы меня же будете обвинять. Играйте сами; приказывайте, я ставить буду.

— Ну, ну! ну ставь еще четыре тысячи гульденов на красную! Вот бумажник, бери. — Она вынула из кармана и подала мне бумажник. — Ну, бери скорей, тут двадцать тысяч рублей чистыми деньгами.

— Бабушка, — прошептал я, — такие куши...

— Жива не хочу быть — отыграюсь. Ставь! — Поставили и проиграли. , — Ставь, ставь, все восемь ставь!

— Нельзя, бабушка, самый большой куш четыре!..

— Ну ставь четыре!

На этот раз выиграли. Бабушка ободрилась.

— Видишь, видишь! — затолкала она меня, — ставь опять четыре!

Поставили — проиграли; потом еще и еще проиграли.

— Бабушка, все двенадцать тысяч ушли, — доложил я.

— Вижу, что все ушли, — проговорила она в каком-то спокойствии бешенства, если так можно выразиться, — вижу, батюшка, вижу, — бормотала она, смотря пред собою неподвижно и как будто раздумывая, — эх! жива не хочу быть, ставь еще четыре тысячи гульденов!

— Да денег нет, бабушка; тут в бумажнике наши пятипроцентные и еще какие-то переводы есть, а денег нет.

— А в кошельке?

— Мелочь осталась, бабушка.

— Есть здесь меняльные лавки? Мне сказали, что все наши бумаги разменять можно, — решительно спросила бабушка.

— О, сколько угодно! Но что вы потеряете за промен, так... сам жид ужаснется!

— Вздор! Отыграюсь! Вези. Позвать этих болванов! Я откатил кресла, явились носильщики, и мы покатили из воксала.

— Скорей, скорей, скорей! — командовала бабушка. — Показывай дорогу, Алексей Иванович, да поближе возьми... а далеко?

— Два шага, бабушка.

Но на повороте из сквера в аллею встретилась нам вся наша компания: генерал, Де-Грие и mademoiselle Blanche с маменькой. Полины Александровны с ними не было, мистера Астлея тоже.

— Ну, ну, ну! не останавливаться! — кричала бабушка, — ну, чего вам такое? Некогда с вами тут! Я шел сзади; Де-Грие подскочил ко мне.

— Всё давешнее проиграла и двенадцать тысяч гульденов своих просадила. Едем пятипроцентные менять, — шепнул я ему наскоро.

Де-Грие топнул ногою и бросился сообщить генералу. Мы продолжали катить бабушку.

— Остановите, остановите! — зашептал мне генерал в исступлении.

— А вот попробуйте-ка ее остановить, — шепнул я ему.

— Тетушка! — приблизился генерал, — тетушка... мы сейчас... мы сейчас... — голос у него дрожал и падал, — нанимаем лошадей и едем за город... Восхитительнейший вид... пуант... мы шли вас приглашать.

— И, ну тебя и с пуантом! — раздражительно отмахнулась от него бабушка.

— Там деревня... там будем чай пить... — продолжал генерал уже с полным отчаянием.

— Nous boirons du lait, sur l'herbe fraîche,[56] — прибавил Де-Грие с зверскою злобой.

Du lait, de l'herbe fraîche — это всё, что есть идеально идиллического у парижского буржуа; в этом, как известно, взгляд его на "nature et la vérité!"[57]

— И, ну тебя с молоком! Хлещи сам, а у меня от него брюхо

---

[56] Мы будем пить молоко на свежей траве (франц.).

[57] "природу и истину!" (франц.).

болит. Да и чего вы пристали?! — закричала бабушка, — говорю некогда!

— Приехали, бабушка! — закричал я, — здесь!

Мы подкатили к дому, где была контора банкира. Я пошел менять; бабушка осталась ждать у подъезда; Де-Грие, генерал и Blanche стояли в стороне, не зная, что им делать. Бабушка гневно на них посмотрела, и они ушли по дороге к воксалу.

Мне предложили такой ужасный расчет, что я не решился и воротился к бабушке просить инструкций.

— Ах, разбойники! — закричала она, всплеснув руками. — Ну! Ничего! — меняй! — крикнула она решительно, — стой, позови ко мне банкира!

— Разве кого-нибудь из конторщиков, бабушка?

— Ну конторщика, всё равно. Ах, разбойники!

Конторщик согласился выйти, узнав, что его просит к себе старая, расслабленная графиня, которая не может ходить. Бабушка долго, гневно и громко упрекала его в мошенничестве и торговалась с ним смесью русского, французского и немецкого языков, причем я помогал переводу. Серьезный конторщик посматривал на нас обоих и молча мотал головой. Бабушку осматривал он даже с слишком пристальным любопытством, что уже было невежливо; наконец он стал улыбаться.

— Ну, убирайся! — крикнула бабушка. — Подавись моими деньгами! Разменяй у него, Алексей Иванович, некогда, а то бы к другому поехать...

— Конторщик говорит, что у других еще меньше дадут.

Наверное не помню тогдашнего расчета, но он был ужасен. Я наменял до двенадцати тысяч флоринов золотом и билетами, взял расчет и вынес бабушке.

— Ну! ну! ну! Нечего считать, — замахала она руками, скорей, скорей, скорей!

— Никогда на этот проклятый zéro не буду ставить и на красную тоже, — промолвила она, подъезжая к воксалу.

На этот раз я всеми силами старался внушить ей ставить как можно меньше, убеждая ее, что при обороте; шансов всегда будет время поставить и большой куш. Но она была так нетерпелива, что хоть и соглашалась сначала, но возможности не было сдержать ее во время игры. Чуть только она начинала выигрывать ставки в десять, в двадцать фридрихсдоров, — "Ну, вот! Ну, вот! — начинала она толкать меня, — ну вот, выиграли же, — стояло бы четыре тысячи вместо десяти, мы бы четыре тысячи выиграли, а то что теперь? Это всё ты, всё ты!"

И как ни брала меня досада, глядя на ее игру, а я наконец решился молчать и не советовать больше ничего.

Вдруг подскочил Де-Грие. Они все трое были возле; я заметил, что mademoiselle Blanche стояла с маменькой в стороне и любезничала с князьком. Генерал был в явной немилости, почти в загоне. Blanche даже и смотреть на него не хотела, хоть он и юлил подле нее всеми силами. Бедный генерал! Он бледнел, краснел, трепетал и даже уж не следил за игрою бабушки. Blanche и князек наконец вышли; генерал побежал за ними.

— Madame, madame, — медовым голосом шептал бабушке Де-Грие, протеснившись к самому ее уху. — Madame, эдак ставка нейдет... нет, нет, не можно... — коверкал он по-русски, — нет!

— А как же? Ну, научи! — обратилась к нему бабушка.

Де-Грие вдруг быстро заболтал по-французски, начал советовать, суетился, говорил, что надо ждать шансу, стал рассчитывать какие-то цифры... бабушка ничего не понимала. Он беспрерывно обращался ко мне, чтоб я переводил; тыкал пальцем в стол, указывал; наконец схватил карандаш и начал было высчитывать на бумажке. Бабушка потеряла наконец терпение.

— Ну, пошел, пошел! Всё вздор мелешь! "Madame, madame", а сам и дела-то не понимает; пошел!

— Mais, madame, — защебетал Де-Грие и снова начал толкать и показывать. Очень уж его разбирало.

— Ну, поставь раз, как он говорит, — приказала мне бабушка, — посмотрим: может, и в самом деле выйдет.

Де-Грие хотел только отвлечь ее от больших кушей: он предлагал ставить на числа, поодиночке и в совокупности. Я поставил, по его указанию, по фридрихсдору на ряд нечетных чисел в первых двенадцати и по пяти фридрихсдоров на группы чисел от двенадцати до восемнадцати и от восемнадцати до двадцати четырех: всего поставили шестнадцать фридрихсдоров.

Колесо завертелось. "Zéro", — крикнул крупер. Мы всё проиграли.

— Эдакой болван! — крикнула бабушка, обращаясь к Де-Грие. — Эдакой ты мерзкий французишка! Ведь посоветует же изверг! Пошел, пошел! Ничего не понимает, а туда же суется!

Страшно обиженный Де-Грие пожал плечами, презрительно посмотрел на бабушку и отошел. Ему уж самому стало стыдно, что связался; слишком уж не утерпел.

Через час, как мы ни бились, — всё проиграли.

— Домой! — крикнула бабушка.

Она не промолвила ни слова до самой аллеи. В аллее, и уже подъезжая к отелю, у ней начали вырываться восклицания:

— Экая дура! экая дурында! Старая ты, старая дурында!

Только что въехали в квартиру:

— Чаю мне! — закричала бабушка, — и сейчас собираться! Едем!

— Куда, матушка, ехать изволите? — начала было Марфа.

— А тебе какое дело? Знай сверчок свой шесток! Потапыч, собирай всё, всю поклажу. Едем назад, в Москву! Я пятнадцать тысяч целковых профершпилила!

— Пятнадцать тысяч, матушка! Боже ты мой! — крикнул было Потапыч, умилительно всплеснув руками, вероятно, предполагая услужиться.

— Ну, ну, дурак! Начал еще хныкать! Молчи! Собираться! Счет, скорее, скорей!

— Ближайший поезд отправится в девять с половиною часов, бабушка, — доложил я, чтоб остановить ее фурор.

— А теперь сколько?

— Половина восьмого.

— Экая досада! Ну всё равно! Алексей Иванович, денег у меня ни копейки. Вот тебе еще два билета, сбегай туда, разменяй мне и эти. А то не с чем и ехать.

Я отправился. Через полчаса возвратившись в отель, я

застал всех наших у бабушки. Узнав, что бабушка уезжает совсем в Москву, они были поражены, кажется, еще больше, чем ее проигрышем. Положим, отъездом спасалось ее состояние, но зато что же теперь станется с генералом? Кто заплатит Де-Грие? Mademoiselle Blanche, разумеется, ждать не будет, пока помрет бабушка, и, наверное, улизнет теперь с князьком или с кем-нибудь другим. Они стояли перед нею, утешали ее и уговаривали. Полины опять не было. Бабушка неистово кричала на них.

— Отвяжитесь, черти! Вам что за дело? Чего эта козлиная борода ко мне лезет, — кричала она на Де-Грие, — а тебе, пигалица, чего надо? — обратилась она к mademoiselle Blanche. — Чего юлишь?

— Diantre![58] — прошептала mademoiselle Blanche, бешено сверкнув глазами, но вдруг захохотала и вышла.

— Elle vivra cent ans![59] — крикнула она, выходя из дверей, генералу.

— А, так ты на мою смерть рассчитываешь? — завопила бабушка генералу, — пошел! Выгони их всех, Алексей Иванович! Какое вам дело? Я свое просвистала, а не ваше!

Генерал пожал плечами, согнулся и вышел. Де-Грие за ним.

— Позвать Прасковью, — велела бабушка Марфе.

Через пять минут Марфа воротилась с Полиной. Всё это время Полина сидела в своей комнате с детьми и, кажется, нарочно решилась весь день не выходить. Лицо ее было серьезно, грустно и озабочено.

— Прасковья, — начала бабушка, — правда ли, что я давеча стороной узнала, что будто бы этот дурак, отчим-то твой, хочет жениться на этой глупой вертушке француженке, — актриса, что ли, она, или того еще хуже? Говори, правда это?

— Наверное про это я не знаю, бабушка, — ответила Полина, — но по словам самой mademoiselle Blanche, которая не находит нужным скрывать, заключаю...

---

[58] Черт возьми! (франц.).

[59] Она сто лет проживет! (франц.).

— Довольно! — энергически прервала бабушка, — всё понимаю! Я всегда считала, что от него это станется, и всегда считала его самым пустейшим и легкомысленным человеком. Натащил на себя форсу, что генерал (из полковников, по отставке получил), да и важничает. Я, мать моя, всё знаю, как вы телеграмму за телеграммой в Москву посылали — "скоро ли, дескать, старая бабка ноги протянет?" Наследства ждали; без денег-то его эта подлая девка, как ее — de Cominges, что ли, — и в лакеи к себе не возьмет, да еще со вставными-то зубами. У ней, говорят, у самой денег куча, на проценты дает, добром нажила. Я, Прасковья, тебя не виню; не ты телеграммы посылала; и об старом тоже поминать не хочу. Знаю, что характеришка у тебя скверный — оса! укусишь, так вспухнет, да жаль мне тебя, потому: покойницу Катерину, твою мать, я любила. Ну, хочешь? бросай всё здесь и поезжай со мною. Ведь тебе деваться-то некуда; да и неприлично тебе с ними теперь. Стой! — прервала бабушка начинавшую было отвечать Полину, — я еще не докончила. От тебя я ничего не потребую. Дом у меня в Москве, сама знаешь, — дворец, хоть целый этаж занимай и хоть по неделям ко мне не сходи, коль мой характер тебе не покажется. Ну, хочешь или нет?

— Позвольте сперва вас спросить: неужели вы сейчас ехать хотите?

— Шучу, что ли, я, матушка? Сказала и поеду. Я сегодня пятнадцать тысяч целковых просадила на растреклятой вашей рулетке. В подмосковной я, пять лет назад, дала обещание церковь из деревянной в каменную перестроить, да вместо того здесь просвисталась. Теперь, матушка, церковь поеду строить.

— А воды-то, бабушка? Ведь вы приехали воды пить?

— И, ну тебя с водами твоими! Не раздражай ты меня, Прасковья; нарочно, что ли, ты? Говори, едешь аль нет?

— Я вас очень, очень благодарю, бабушка, — с чувством начала Полина, — за убежище, которое вы мне предлагаете. Отчасти вы мое положение угадали. Я вам так признательна, что, поверьте, к вам приду, может быть, даже и скоро; а теперь есть причины... важные... и решиться я сейчас, сию минуту, не могу. Если бы вы остались хоть недели две...

101

— Значит, не хочешь?

— Значит, не могу. К тому же во всяком случае я не могу брата и сестру оставить, а так как... так как... так как действительно может случиться, что они останутся, как брошенные, то... если возьмете меня с малютками, бабушка, то, конечно, к вам поеду и, поверьте, заслужу вам это! — прибавила она с жаром, — а без детей не могу, бабушка.

— Ну, не хнычь! (Полина и не думала хныкать, да она и никогда не плакала), — и для цыплят найдется место; велик курятник. К тому же им в школу пора. Ну так не едешь теперь? Ну, Прасковья, смотри! Желала бы я тебе добра, а ведь я знаю, почему ты не едешь. Всё я знаю, Прасковья! Не доведет тебя этот французишка до добра.

Полина вспыхнула. Я так и вздрогнул. (Все знают! Один я, стало быть, ничего не знаю!)

— Ну, ну, не хмурься. Не стану размазывать. Только смотри, чтоб не было худа, понимаешь? Ты девка умная; жаль мне тебя будет. Ну, довольно, не глядела бы я на вас на всех! Ступай! прощай!

— Я, бабушка, еще провожу вас, — сказала Полина.

— Не надо; не мешай, да и надоели вы мне все. Полина поцеловала у бабушки руку, но та руку отдернула и сама поцеловала ее в щеку.

Проходя мимо меня, Полина быстро на меня поглядела и тотчас отвела глаза.

— Ну, прощай и ты, Алексей Иванович! Всего час до поезда. Да и устал ты со мною, я думаю. На, возьми себе эти пятьдесят золотых.

— Покорно благодарю вас, бабушка, мне совестно...

— Ну, ну! — крикнула бабушка, но до того энергично и грозно, что я не посмел отговариваться и принял.

— В Москве, как будешь без места бегать, — ко мне приходи; отрекомендую куда-нибудь. Ну, убирайся!

Я пришел к себе в номер и лег на кровать. Я думаю, я лежал с полчаса навзничь, закинув за голову руки. Катастрофа уж разразилась, было о чем подумать. Завтра я решил настоятельно говорить с Полиной. А! французишка? Так, стало быть, правда! Но что же тут могло быть, однако? Полина и Де-Грие! Господи, какое сопоставление!

Всё это было просто невероятно. Я вдруг вскочил вне себя, чтоб идти тотчас же отыскать мистера Астлея и во что бы то ни стало заставить его говорить. Он, конечно, и тут больше меня знает. Мистер Астлей? вот еще для меня загадка!

Но вдруг в дверях моих раздался стук. Смотрю — Потапыч.

— Батюшка, Алексей Иванович: к барыне, требуют!

— Что такое? Уезжает, что ли? До поезда еще двадцать минут.

— Беспокоятся, батюшка, едва сидят. "Скорей, скорей!" — вас то есть, батюшка; ради Христа, не замедлите.

Тотчас же я сбежал вниз. Бабушку уже вывезли в коридор. В руках ее был бумажник.

— Алексей Иванович, иди вперед, пойдем!..

— Куда, бабушка?

— Жива не хочу быть, отыграюсь! Ну, марш, без расспросов! Там до полночи ведь игра идет?

Я остолбенел, подумал, но тотчас же решился.

— Воля ваша, Антонида Васильевна, не пойду.

— Это почему? Это что еще? Белены, что ли, вы все объелись!

— Воля ваша: я потом сам упрекать себя стану; не хочу! Не хочу быть ни свидетелем, ни участником; избавьте, Антонида Васильевна. Вот ваши пятьдесят фридрихсдоров назад; прощайте! — И я, положив сверток с фридрихсдорами тут же на столик, подле которого пришлись кресла бабушки, поклонился и ушел.

— Экой вздор! — крикнула мне вслед бабушка, — да не ходи, пожалуй, я и одна дорогу найду! Потапыч, иди со мною! Ну, подымайте, несите.

Мистера Астлея я не нашел и воротился домой. Поздно, уже в первом часу пополуночи, я узнал от Потапыча, чем кончился бабушкин день. Она всё проиграла, что ей давеча я наменял, то есть, по-нашему, еще десять тысяч рублей. К ней прикомандировался там тот самый полячок, которому она дала давеча два фридрихсдора, и всё время руководил ее в игре.

Сначала, до полячка, она было заставляла ставить Потапыча, но скоро прогнала его; тут-то и подскочил полячок. Как нарочно, он понимал по-русски и даже болтал кое-как, смесью трех языков, так что они кое-как уразумели друг друга. Бабушка всё время нещадно ругала его, и хоть тот беспрерывно "стелился под стопки паньски", но уж "куда сравнить с вами, Алексей Иванович, — рассказывал Потапыч. — С вами она точно с барином обращалась, а тот — так, я сам видел своими глазами, убей бог на месте, — тут же у ней со стола воровал. Она его сама раза два на столе поймала, и уж костила она его, костила всяческими-то, батюшка, словами, даже за волосенки раз отдергала; право, не лгу, так что кругом смех пошел. Всё, батюшка, проиграла; всё как есть, всё, что вы ей наменяли. Довезли мы ее, матушку, сюда — только водицы спросила испить, перекрестилась, и в постельку. Измучилась, что ли, она, тотчас заснула. Пошли бог сны ангельские! Ох, уж эта мне заграница! — заключил Потапыч, — говорил, что не к добру. И уж поскорей бы в нашу Москву! И чего-чего у нас дома нет, в Москве? Сад, цветы, каких здесь и не бывает, дух, яблоньки наливаются, простор, — нет: надо было за границу! Ох-хо-хо!.."

Глава XIII

Вот уже почти целый месяц прошел, как я не притрогивался к этим заметкам моим, начатым под влиянием впечатлений, хотя и беспорядочных, но сильных. Катастрофа, приближение которой я тогда предчувствовал, наступила действительно, но во сто раз круче и неожиданнее, чем я думал. Всё это было нечто странное, безобразное и даже трагическое, по крайней мере со мной. Случились со мною некоторые происшествия — почти чудесные; так по крайней мере я до сих пор гляжу на них, хотя на другой взгляд и, особенно судя по круговороту, в котором я тогда кружился, они были только что разве не совсем обыкновенные. Но чудеснее всего для меня то, как я сам отнесся ко всем этим событиям. До сих пор не понимаю себя! И всё это пролетело как сон, — даже страсть моя, а она ведь была сильна и истинна, но... куда же она теперь делась? Право: нет-нет, да мелькнет иной раз теперь в моей голове: "Уж не сошел ли я тогда с ума и не сидел ли всё это время где-нибудь в сумасшедшем доме, а может быть, и теперь сижу, — так что мне всё это показалось и до сих пор только кажется..."

Я собрал и перечел мои листки. (Кто знает, может быть, для того, чтобы убедиться, не в сумасшедшем ли доме я их писал?) Теперь я один-одинешенек. Наступает осень, желтеет лист. Сижу в этом унылом городишке (о, как унылы германские городишки!) и, вместо того чтобы обдумать предстоящий шаг, живу под влиянием только что минувших ощущений, под влиянием свежих воспоминаний, под влиянием всего этого недавнего вихря, захватившего меня тогда в этот круговорот и опять куда-то выбросившего. Мне всё кажется порой, что я всё еще кружусь в том же вихре и что вот-вот опять промчится эта буря, захватит меня мимоходом своим крылом и я выскочу опять из порядка и чувства меры и закружусь, закружусь, закружусь..

Впрочем, я, может быть, и установлюсь как-нибудь и перестану кружиться, если дам себе, по возможности, точный отчет во всем приключившемся в этот месяц. Меня тянет опять к перу; да иногда и совсем делать нечего по вечерам. Странно, для того чтобы хоть чем-нибудь заняться, я беру в здешней паршивой библиотеке для чтения романы Поль де Кока (в немецком переводе!), которых я почти терпеть не могу, но читаю их и — дивлюсь на себя: точно я боюсь серьезною книгою или каким-нибудь серьезным занятием разрушить обаяние только что минувшего. Точно уж так дороги мне этот безобразный сон и все оставшиеся по нем впечатления, что я даже боюсь дотронуться до него чем-нибудь новым, чтобы он не разлетелся в дым! Дорого мне это всё так, что ли? Да, конечно, дорого; может, и через сорок лет вспоминать буду...

Итак, принимаюсь писать. Впрочем, всё это можно рассказать теперь отчасти и покороче: впечатления совсем не те...

Во-первых, чтоб кончить с бабушкой. На другой день она проигралась вся окончательно. Так и должно было случиться: кто раз, из таких, попадается на эту дорогу, тот — точно с снеговой горы в санках катится, всё быстрее и быстрее. Она играла весь день до восьми часов вечера; я при ее игре не присутствовал и знаю только по рассказам.

Потапыч продежурил при ней в воксале целый день. Полячки, руководившие бабушку, сменялись в этот день несколько раз. Она начала с того, что прогнала вчерашнего полячка, которого она драла за волосы, и взяла другого, но другой оказался почти что еще хуже. Прогнав этого и взяв опять первого, который не уходил и толкался во всё это время изгнания тут же, за ее креслами, поминутно просовывая к ней свою голову, — она впала наконец в решительное отчаяние. Прогнанный второй полячок тоже ни за что не хотел уйти; один поместился с правой стороны, а другой с левой. Всё время они спорили и ругались друг с другом за ставки и ходы, обзывали друг друга "лайдаками" и прочими польскими любезностями, потом опять мирились, кидали деньги без всякого порядка, распоряжались зря. Поссорившись, они ставили каждый с своей стороны, один, например, на красную, а другой тут же на черную. Кончилось тем, что они совсем закружили и сбили бабушку с толку, так что она наконец чуть не со слезами обратилась к старичку круперу с просьбою защитить ее, чтоб он их прогнал. Их действительно тотчас же прогнали, несмотря на их крики и протесты: они кричали оба разом и доказывали, что бабушка им же должна, что она их в чем-то обманула, поступила с ними бесчестно, подло. Несчастный Потапыч рассказывал мне всё это со слезами в тот самый вечер, после проигрыша, и жаловался, что они набивали свои карманы деньгами, что он сам видел, как они бессовестно воровали и поминутно совали себе в карманы. Выпросит, например, у бабушки за труды пять фридрихсдоров и начнет их тут же ставить на рулетке, рядом с бабушкиными ставками. Бабушка выиграет, а он кричит, что это его ставка выиграла, а бабушка проиграла. Когда их прогоняли, то Потапыч выступил и донес, что у них полны карманы золота. Бабушка тотчас же попросила крупера распорядиться, и как оба полячка ни кричали (точно два пойманные в руки петуха), но явилась полиция и тотчас карманы их были опустошены в пользу бабушки. Бабушка, пока не проигралась, пользовалась во весь этот день у круперов и у всего воксального начальства видимым авторитетом. Мало-помалу известность ее распространялась по всему городу. Все посетители вод, всех наций, обыкновенные и самые знатные, стекались посмотреть на "une vieille comtesse russe, tombée en enfance", которая уже проиграла "несколько миллионов". Но бабушка очень, очень мало выиграла от того, что избавили ее от двух полячишек. Взамен их тотчас же к услугам ее явился третий поляк, уже совершенно чисто говоривший по-русски, одетый джентльменом, хотя все-таки смахивавший на лакея, с огромными усами и с гонором. Он тоже целовал "стопки паньски" и "стелился под стопки паньски", но относительно окружающих вел себя заносчиво, распоряжался деспотически — словом, сразу поставил себя не слугою, а хозяином бабушки. Поминутно с каждым ходом обращался он к ней и клялся ужаснейшими клятвами, что он сам "гоноровый" пан и что он не возьмет ни единой копейки из денег бабушки. Он так часто повторял эти клятвы, что та окончательно струсила. Но так как этот пан действительно вначале как будто поправил ее игру и стал было выигрывать, то бабушка и сама уже не могла от него отстать. Час спустя оба прежние полячишки, выведенные из воксала, появились снова за стулом бабушки, опять с предложением услуг, хоть на посылки. Потапыч божился, что "гоноровый пан" с ними перемигивался и даже что-то им передавал в руки.

Так как бабушка не обедала и почти не сходила с кресел, то и действительно один из полячков пригодился: сбегал тут же рядом в обеденную залу воксала и достал ей чашку бульона, а потом и чаю. Они бегали, впрочем, оба. Но к концу дня, когда уже всем видно стало, что она проигрывает свой последний банковый билет, за стулом ее стояло уже до шести полячков, прежде невиданных и неслыханных. Когда же бабушка проигрывала уже последние монеты, то все они не только ее уж не слушались, но даже и не замечали, лезли прямо чрез нее к столу, сами хватали деньги, Сами распоряжались и ставили, спорили и кричали, переговариваясь с гоноровым паном за панибрата, а гоноровый пан чуть ли даже и не забыл о существовании бабушки. Даже тогда, когда бабушка, совсем всё проигравшая, возвращалась вечером в восемь часов в отель, то и тут три или четыре полячка всё еще не решались ее оставить и бежали около кресел, по сторонам, крича из всех сил и уверяя скороговоркою, что бабушка их в чем-то надула и должна им что-то отдать. Так дошли до самого отеля, откуда их наконец прогнали в толчки.

По расчету Потапыча, бабушка проиграла всего в этот день до девяноста тысяч рублей, кроме проигранных ею вчера денег. Все свои билеты — пятипроцентные, внутренних займов, все акции, бывшие с нею, она разменяла один за другим и одну за другой. Я подивился было, как она выдержала все эти семь или восемь часов, сидя в креслах и почти не отходя от стола, но Потапыч рассказывал, что раза три она действительно начинала сильно выигрывать; а увлеченная вновь надеждою, она уж и не могла отойти. Впрочем, игроки знают, как можно человеку просидеть чуть не сутки на одном месте за картами, не спуская глаз с правой и с левой.

Между тем во весь этот день у нас в отеле происходили

тоже весьма решительные вещи. Еще утром, до одиннадцати часов, когда бабушка еще была дома, наши, то есть генерал и Де-Грие, решились было на последний шаг. Узнав, что бабушка и не думает уезжать, а, напротив, отправляется опять в воксал, они во всем конклаве (кроме Полины) пришли к ней переговорить с нею окончательно и даже откровенно. Генерал, трепетавший и замиравший душою ввиду ужасных для него последствий, даже пересолил: после получасовых молений и просьб, и даже откровенно признавшись во всем, то есть во всех долгах, и даже в своей страсти к mademoiselle Blanche (он совсем потерялся), генерал вдруг принял грозный тон и стал даже кричать и топать ногами на бабушку; кричал, что она срамит их фамилию, стала скандалом всего города, и, наконец... наконец: "Вы срамите русское имя, сударыня! — кричал генерал, — и что на то есть полиция!" Бабушка прогнала его наконец палкой (настоящей палкой). Генерал и Де-Грие совещались еще раз или два в это утро, и именно их занимало: нельзя ли, в самом деле, как-нибудь употребить полицию? Что вот, дескать, несчастная, но почтенная старушка выжила из ума, проигрывает последние деньги и т. д. Одним словом, нельзя ли выхлопотать какой-нибудь надзор или запрещение?.. Но Де-Грие только пожимал плечами и в глаза смеялся над генералом, уже совершенно заболтавшимся и бегавшим взад и вперед по кабинету. Наконец Де-Грие махнул рукою и куда-то скрылся. Вечером узнали, что он совсем выехал из отеля, переговорил наперед весьма решительно и таинственно с mademoiselle Blanche. Что же касается до mademoiselle Blanche, то она с самого еще утра приняла окончательные меры: она совсем отшвырнула от себя генерала и даже не пускала его к себе на глаза. Когда генерал побежал за нею в воксал и встретил ее под руку с князьком, то ни она, ни madame veuve Cominges его не узнали. Князек тоже ему не поклонился. Весь этот день mademoiselle Blanche пробовала и обработывала князя, чтоб он высказался наконец решительно. Но увы! Она жестоко обманулась в расчетах на князя! Эта маленькая катастрофа произошла уже вечером; вдруг открылось, что князь гол как сокол, и еще на нее же рассчитывал, чтобы занять у нее денег под вексель и поиграть на рулетке. Blanche с негодованием его выгнала и заперлась в своем номере.

Поутру в этот же день я ходил к мистеру Астлею или, лучше сказать, всё утро отыскивал мистера Астлея, но никак не мог отыскать его. Ни дома, ни в воксале или в парке его не было. В отеле своем он на этот раз не обедал. В пятом часу я вдруг увидел его идущего от дебаркадера железной дороги прямо в отель d'Angleterre. Он торопился и был очень озабочен, хотя и трудно различить заботу или какое бы то ни было замешательство в его лице. Он радушно протянул мне руку, с своим обычным восклицанием: "А!", но не останавливаясь на дороге и продолжая довольно спешным шагом путь. Я увязался за ним; но как-то он так сумел отвечать мне, что я ни о чем не успел и спросить его. К тому же мне было почему-то ужасно совестно заговаривать о Полине; он же сам ни слова о ней не спросил. Я рассказал ему про бабушку; он выслушал внимательно и серьезно и пожал плечами.

— Она всё проиграет, — заметил я.

— О да, — отвечал он, — ведь она пошла играть еще давеча, когда я уезжал, а потому я наверно и знал, что она проиграется. Если будет время, я зайду в воксал посмотреть, потому что это любопытно...

— Куда вы уезжали? — вскричал я, изумившись, что до сих пор не спросил.

— Я был во Франкфурте.

— По делам?

— Да, по делам.

Ну что же мне было спрашивать дальше? Впрочем, я всё еще шел подле него, но он вдруг повернул в стоявший на дороге отель "De quatre saisons",[60] кивнул мне головой и скрылся. Возвращаясь домой, я мало-помалу догадался, что если бы я и два часа с ним проговорил, то решительно бы ничего не узнал, потому... что мне не о чем было его

_____

60 "Четырех времен года" (франц.).

спрашивать! Да, конечно, так! Я никаким образом не мог бы теперь формулировать моего вопроса.

Весь этот день Полина то гуляла с детьми и нянюшкой в парке, то сидела дома. Генерала она давно уже избегала и почти ничего с ним не говорила, по крайней мере о чем-нибудь серьезном. Я это давно заметил. Но зная, в каком генерал положении сегодня, я подумал, что он не мог миновать ее, то есть между ними не могло не быть каких-нибудь важных семейных объяснений. Однако ж, когда я, возвращаясь в отель после разговора с мистером Астлеем, встретил Полину с детьми, то на ее лице отражалось самое безмятежное спокойствие, как будто все семейные бури миновали только одну ее. На мой поклон она кивнула мне головой. Я пришел к себе совсем злой.

Конечно, я избегал говорить с нею и ни разу с нею не сходился после происшествия с Вурмергельмами. При этом я отчасти форсил и ломался; но чем дальше шло время, тем всё более и более накипало во мне настоящее негодование. Если бы даже она и не любила меня нисколько, все-таки нельзя бы, кажется, так топтать мои чувства и с таким пренебрежением принимать мои признания. Ведь она знает же, что я взаправду люблю ее; ведь она сама допускала, позволяла мне так говорить с нею! Правда, это как-то странно началось у нас. Некоторое время, давно уж, месяца два назад, я стал замечать, что она хочет сделать меня своим другом, поверенным, и даже отчасти уж и пробует. Но это почему-то не пошло у нас тогда в ход; вот взамен того и остались странные теперешние отношения; оттого-то и стал я так говорить с нею. Но если ей противна моя любовь, зачем прямо не запретить мне говорить о ней?

Мне не запрещают; даже сама она вызывала иной раз меня на разговор и... конечно, делала это на смех. Я знаю наверное, я это твердо заметил, — ей было приятно, выслушав и раздражив меня до боли, вдруг меня огорошить какою-нибудь выходкою величайшего презрения и невнимания. И ведь знает же она, что я без нее жить не могу. Вот теперь три дня прошло после истории с бароном, а я уже не могу выносить нашей разлуки. Когда я ее встретил сейчас у воксала, у меня забилось сердце так, что я побледнел. Но ведь и она же без меня не проживет! Я ей нужен и — неужели, неужели только как шут Балакирев?

У ней тайна — это ясно! Разговор ее с бабушкой больно уколол мое сердце. Ведь я тысячу раз вызывал ее быть со мною откровенной, и ведь она знала, что я действительно готов за нее голову мою положить. Но она всегда отделывалась чуть не презрением или вместо жертвы жизнью, которую я предлагал ей, требовала от меня таких выходок, как тогда с бароном! Разве это не возмутительно? Неужели весь мир для нее в этом французе? А мистер Астлей? Но тут уже дело становилось решительно непонятным, а между тем — боже, как я мучился!

Придя домой, в порыве бешенства, я схватил перо и настрочил ей следующее:

"Полина Александровна, я вижу ясно, что пришла развязка, которая заденет, конечно, и вас. Последний раз повторяю: нужна или нет вам моя голова? Если буду нужен, хоть на что-нибудь, — располагайте, а я покамест сижу в своей комнате, по крайней мере большею частью, и никуда не уеду. Надо будет, — то напишите иль позовите".

Я запечатал и отправил эту записку с коридорным лакеем, с приказанием отдать прямо в руки. Ответа я не ждал, но через три минуты лакей воротился с известием, что "приказали кланяться".

Часу в седьмом меня позвали к генералу.

Он был в кабинете, одет как бы собираясь куда-то идти. Шляпа и палка лежали на диване. Мне показалось входя, что он стоял среди комнаты, расставив ноги, опустя голову, и что-то говорил вслух сам с собой. Но только что он завидел меня, как бросился ко мне чуть не с криком, так что я невольно отшатнулся и хотел было убежать; но он схватил меня за обе руки и потащил к дивану; сам сел на диван, меня посадил прямо против себя в кресла и, не выпуская моих рук, с дрожащими губами, со слезами, заблиставшими вдруг на его ресницах, умоляющим голосом проговорил:

— Алексей Иванович, спасите, спасите, пощадите!

Я долго не мог ничего понять; он всё говорил, говорил,

говорил и всё повторял: "Пощадите, пощадите!" Наконец я догадался, что он ожидает от меня чего-то вроде совета; или, лучше сказать, всеми оставленный, в тоске и тревоге, он вспомнил обо мне и позвал меня, чтоб только говорить, говорить, говорить.

Он помешался, по крайней мере в высшей степени потерялся. Он складывал руки и готов был броситься предо мной на колени, чтобы (как вы думаете?) — чтоб я сейчас же шел к mademoiselle Blanche и упросил, усовестил ее воротиться к нему и выйти за него замуж.

— Помилуйте, генерал, — вскричал я, — да mademoiselle Blanche, может быть, еще и не заметила меня до сих пор? Что могу я сделать?

Но напрасно было и возражать: он не понимал, что ему говорят. Пускался он говорить и о бабушке, но только ужасно бессвязно; он всё еще стоял на мысли послать за полициею.

— У нас, у нас, — начинал он, вдруг вскипая негодованием, — одним словом, у нас, в благоустроенном государстве, где есть начальство, над такими старухами тотчас бы опеку устроили! Да-с, милостивый государь, да-с, — продолжал он, вдруг впадая в распекательный тон, вскочив с места и расхаживая по комнате; — вы еще не знали этого, милостивый государь, — обратился он к какому-то воображаемому милостивому государю в угол, — так вот и узнаете... да-с... у нас эдаких старух в дугу гнут, в дугу, в дугу-с, да-с... о, черт возьми!

И он бросался опять на диван, а чрез минуту, чуть не всхлипывая, задыхаясь, спешил рассказать мне, что mademoiselle Blanche оттого ведь за него не выходит, что вместо телеграммы приехала бабушка и что теперь уже ясно, что он не получит наследства. Ему казалось, что ничего еще этого я не знаю. Я было заговорил о Де-Грие; он махнул рукою:

— Уехал! у него всё мое в закладе; я гол как сокол! Те деньги, которые вы привезли... те деньги, — я не знаю, сколько там, кажется франков семьсот осталось, и — довольно-с, вот и всё, а дальше — не знаю-с, не знаю-с!..

— Как же вы в отеле расплатитесь? — вскричал я в испуге, — и... потом что же?

Он задумчиво посмотрел, но, кажется, ничего не понял и даже, может быть, не расслышал меня. Я попробовал было заговорить о Полине Александровне, о детях; он наскоро отвечал:

— Да! да! — но тотчас же опять пускался говорить о князе, о том, что теперь уедет с ним Blanche и тогда... и тогда — что же мне делать, Алексей Иванович? — обращался он вдруг ко мне. — Клянусь богом! Что же мне делать, — скажите, ведь это неблагодарность! Ведь это же неблагодарность?

Наконец он залился в три ручья слезами.

Нечего было делать с таким человеком; оставить его одного тоже было опасно; пожалуй, могло с ним что-нибудь приключиться. Я, впрочем, от него кое-как избавился, но дал знать нянюшке, чтоб та наведывалась почаще, да, кроме того, поговорил с коридорным лакеем, очень толковым малым; тот обещался мне тоже с своей стороны присматривать.

Едва только оставил я генерала, как явился ко мне Потапыч с зовом к бабушке. Было восемь часов, и она только что воротилась из воксала после окончательного проигрыша. Я отправился к ней: старуха сидела в креслах, совсем измученная и видимо больная. Марфа подавала ей чашку чая, которую почти насильно заставила ее выпить. И голос и тон бабушки ярко изменились.

— Здравствуйте, батюшка Алексей Иванович, — сказала она медленно и важно склоняя голову, — извините, что еще раз побеспокоила, простите старому человеку. Я, отец мой, всё там оставила, почти сто тысяч рублей. Прав ты был, что вчера не пошел со мною. Теперь я без денег, гроша нет. Медлить не хочу ни минуты, в девять с половиною и поеду. Послала я к этому твоему англичанину, Астлею, что ли, и хочу у него спросить три тысячи франков на неделю. Так убеди ты его, чтоб он как-нибудь чего не подумал и не отказал. Я еще, отец мой, довольно богата. У меня три деревни и два дома есть. Да и денег еще найдется, не все с собой взяла. Для того я это говорю, чтоб не усомнился он как-нибудь... А, да вот и он! Видно хорошего человека.

Мистер Астлей поспешил по первому зову бабушки.

Нимало не думая и много не говоря, он тотчас же отсчитал ей три тысячи франков под вексель, который бабушка и подписала. Кончив дело, он откланялся и поспешил выйти.

— А теперь ступай и ты, Алексей Иванович. Осталось час с небольшим — хочу прилечь, кости болят. Не взыщи на мне, старой дуре. Теперь уж не буду молодых обвинять в легкомыслии, да и того несчастного, генерала-то вашего, тоже грешно мне теперь обвинять. Денег я ему все-таки не дам, как он хочет, потому — уж совсем он, на мой взгляд, глупехонек, только и я, старая дура, не умнее его. Подлинно, бог и на старости взыщет и накажет гордыню. Ну, прощай. Марфуша, подыми меня.

Я, однако, желал проводить бабушку. Кроме того, я был в каком-то ожидании, я всё ждал, что вот-вот сейчас что-то случится. Мне не сиделось у себя. Я выходил в коридор, даже на минутку вышел побродить по аллее. Письмо мое к ней было ясно и решительно, а теперешняя катастрофа — уж, конечно, окончательная. В отеле я услышал об отъезде Де-Грие. Наконец, если она меня и отвергнет, как друга, то, может быть, как слугу не отвергнет. Ведь нужен же я ей хоть на посылки; да пригожусь, как же иначе!

Ко времени поезда я сбегал на дебаркадер и усадил бабушку. Они все уселись в особый семейный вагон. "Спасибо тебе, батюшка, за твое бескорыстное участие, — простилась она со мною, — да передай Прасковье то, о чем я вчера ей говорила, — я ее буду ждать".

Я пошел домой. Проходя мимо генеральского номера, я встретил нянюшку и осведомился о генерале. "И, батюшка, ничего", — отвечала та уныло. Я, однако, зашел, но в дверях кабинета остановился в решительном изумлении. Mademoiselle Blanche и генерал хохотали о чем-то взапуски. Veuve Cominges сидела тут же на диване. Генерал был, видимо, без ума от радости, лепетал всякую бессмыслицу и заливался нервным длинным смехом, от которого всё лицо его складывалось в бесчисленное множество морщинок и куда-то прятались глаза. После я узнал от самой же Blanche, что она, прогнав князя и узнав о плаче генерала, вздумала его утешить и зашла к нему на минутку. Но не знал бедный генерал, что в эту минуту участь его была решена и что Blanche уже начала укладываться, чтоб завтра же, с первым утренним поездом, лететь в Париж. Постояв на пороге генеральского кабинета, я раздумал входить и вышел незамеченный. Поднявшись к себе и отворив дверь, я в полутемноте заметил вдруг какую-то фигуру, сидевшую на стуле, в углу, у окна. Она не поднялась при моем появлении. Я быстро подошел, посмотрел и — дух у меня захватило: это была Полина!

Глава XIV

Я так и вскрикнул.

— Что же? Что же? — странно спрашивала она. Она была бледна и смотрела мрачно.

— Как что же? Вы? здесь, у меня!

— Если я прихожу, то уж вся прихожу. Это моя привычка. Вы сейчас это увидите; зажгите свечу.

Я зажег свечку. Она встала, подошла к столу и положила предо мной распечатанное письмо.

— Прочтите, — велела она.

— Это, — это рука Де-Грие! — вскричал я, схватив письмо. Руки у меня тряслись, и строчки прыгали пред глазами. Я забыл точные выражения письма, но вот оно — хоть не слово в слово, так, по крайней мере, мысль в мысль.

"Mademoiselle, — писал Де-Грие, — неблагоприятные обстоятельства заставляют меня уехать немедленно. Вы, конечно, сами заметили, что я нарочно избегал окончательного объяснения с вами до тех пор, пока не разъяснились все обстоятельства. Приезд старой (de la vieille dame) вашей родственницы и нелепый ее поступок покончили все мои недоумения. Мои собственные расстроенные дела запрещают мне окончательно питать дальнейшие сладостные надежды, которыми я позволял себе упиваться некоторое время. Сожалею о прошедшем, но надеюсь, что в поведении моем вы не отыщете ничего, что недостойно жантилома и честного человека (gentilhomme et honnête homme[61]). Потеряв почти все мои деньги в долгах на отчиме вашем, я нахожусь в крайней необходимости воспользоваться тем, что мне остается: я уже дал знать в Петербург моим друзьям, чтоб немедленно распорядились продажею заложенного мне имущества; зная, однако же, что легкомысленный отчим ваш растратил ваши собственные деньги, я решился простить ему пятьдесят тысяч франков и на эту сумму возвращаю ему часть закладных на его

---

[61] дворянина и порядочного человека (франц.).

имущество, так что вы поставлены теперь в возможность воротить всё, что потеряли, потребовав с него имение судебным порядком. Надеюсь, mademoiselle, что при теперешнем состоянии дел мой поступок будет для вас весьма выгоден. Надеюсь тоже, что этим поступком я вполне исполняю обязанность человека честного и благородного. Будьте уверены, что память о вас запечатлена навеки в моем сердце".

— Что же, это всё ясно, — сказал я, обращаясь к Полине, — неужели вы могли ожидать чего-нибудь другого, — прибавил я с негодованием.

— Я ничего не ожидала, — отвечала она, по-видимому спокойно, но что-то как бы вздрагивало в ее голосе; — я давно всё порешила; я читала его мысли и узнала, что он думает. Он думал, что я ищу... что я буду настаивать... (Она остановилась и, не договорив, закусила губу и замолчала). Я нарочно удвоила мое к нему презрение, — начала она опять, — я ждала, что от него будет? Если б пришла телеграмма о наследстве, я бы швырнула ему долг этого идиота (отчима) и прогнала его! Он мне был давно, давно ненавистен. О, это был не тот человек прежде, тысячу раз не тот, а теперь, а теперь!.. О, с каким бы счастием я бросила ему теперь, в его подлое лицо, эти пятьдесят тысяч и плюнула бы... и растерла бы плевок!

— Но бумага, — эта возвращенная им закладная на пятьдесят тысяч, ведь она у генерала? Возьмите и отдайте Де-Грие.

— О, не то! Не то!..

— Да, правда, правда, не то! Да и к чему генерал теперь способен? А бабушка? — вдруг вскричал я.

Полина как-то рассеянно и нетерпеливо на меня посмотрела.

— Зачем бабушка? — с досадой проговорила Полина, — я не могу идти к ней... Да и ни у кого не хочу прощения просить, — прибавила она раздражительно.

— Что же делать! — вскричал я, — и как, ну как это вы могли любить Де-Грие! О, подлец, подлец! Ну, хотите, я его убью на дуэли! Где он теперь?

— Он во Франкфурте и проживет там три дня.

118

— Одно ваше слово, и я еду, завтра же, с первым поездом! — проговорил я в каком-то глупом энтузиазме. Она засмеялась.

— Что же, он скажет еще, пожалуй: сначала возвратите пятьдесят тысяч франков. Да и за что ему драться?.. Какой это вздор!

— Ну так где же, где же взять эти пятьдесят тысяч франков, — повторил я, скрежеща зубами, — точно так и возможно вдруг их поднять на полу. — Послушайте: мистер Астлей? — спросил я, обращаясь к ней с началом какой-то странной идеи.

У ней глаза засверкали.

— Что же, разве ты сам хочешь, чтоб я от тебя ушла к этому англичанину? — проговорила она, пронзающим взглядом смотря мне в лицо и горько улыбаясь. Первый раз в жизни сказала она мне ты.

Кажется, у ней в эту минуту закружилась голова от волнения, и вдруг она села на диван, как бы в изнеможении.

Точно молния опалила меня; я стоял и не верил глазам, не верил ушам! Что же, стало быть, она меня любит! Она пришла ко мне, а не к мистеру Астлею! Она, одна, девушка, пришла ко мне в комнату, в отели, — стало быть, компрометировала себя всенародно, — и я, я стою перед ней и еще не понимаю!

Одна дикая мысль блеснула в моей голове.

— Полина! Дай мне только один час! Подожди здесь только час и... я вернусь! Это... это необходимо! Увидишь! Будь здесь, будь здесь!

И я выбежал из комнаты, не отвечая на ее удивленный вопросительный взгляд; она крикнула мне что-то вслед, но я не воротился.

Да, иногда самая дикая мысль, самая с виду невозможная мысль, до того сильно укрепляется в голове, что ее принимаешь наконец за что-то осуществимое... Мало того: если идея соединяется с сильным, страстным желанием, то, пожалуй, иной раз примешь ее наконец за нечто фатальное, необходимое, предназначенное, за нечто такое, что уже не может не быть и не случиться! Может быть, тут есть еще что-нибудь, какая-нибудь комбинация предчувствий, какое-нибудь необыкновенное усилие воли, самоотравление собственной фантазией или еще что-нибудь — не знаю; но со мною в этот вечер (который я никогда в жизни не позабуду) случилось происшествие чудесное.

Оно хоть и совершенно оправдывается арифметикою, но тем не менее — для меня еще до сих пор чудесное. И почему, почему эта уверенность так глубоко, крепко засела тогда во мне, и уже с таких давних пор? Уж, верно, я помышлял об этом, — повторяю вам, — не как о случае, который может быть в числе прочих (а стало быть, может и не быть), но как о чем-то таком, что никак уж не может не случиться!

Было четверть одиннадцатого; я вошел в воксал в такой твердой надежде и в то же время в таком волнении, какого я еще никогда не испытывал. В игорных залах народу было еще довольно, хоть вдвое менее утрешнего.

В одиннадцатом часу у игорных столов остаются настоящие, отчаянные игроки, для которых на водах существует только одна рулетка, которые и приехали для нее одной, которые плохо замечают, что вокруг них происходит, и ничем не интересуются во весь сезон, а только играют с утра до ночи и готовы были бы играть, пожалуй, и всю ночь до рассвета, если б можно было. И всегда они с досадой расходятся, когда в двенадцать часов закрывают рулетку. И когда старший крупер перед закрытием рулетки, около двенадцати часов, возглашает: "Les trois derniers coups, messieurs!",[62] то они готовы проставить иногда на этих трех последних ударах всё, что у них есть в кармане, — и действительно тут-то наиболее и проигрываются. Я прошел к тому самому столу, где давеча сидела бабушка. Было не очень тесно, так что я очень скоро занял место у стола стоя. Прямо предо мной, на зеленом сукне, начерчено было слово: "Passe". "Passe" — это ряд цифр от девятнадцати включительно до тридцати шести. Первый же ряд, от первого до восемнадцати включительно, называется "Manque": но какое мне было до этого дело? Я не рассчитывал, я даже не слыхал, на какую цифру лег последний удар, и об этом не справился, начиная

---

[62] Три последних игры (букв.: удара), господа! (франц.).

игру, как бы сделал всякий чуть-чуть рассчитывающий игрок. Я вытащил все мои двадцать фридрихсдоров и бросил на бывший предо мною "passe".

— Vingt deux![63] — закричал крупер.

Я выиграл — и опять поставил всё: и прежнее, и выигрыш.

— Trente et un,[64] — прокричал крупер. Опять выигрыш! Всего уж, стало быть, у меня восемьдесят фридрихсдоров! Я двинул все восемьдесят на двенадцать средних цифр (тройной выигрыш, но два шанса против себя) — колесо завертелось, и вышло двадцать четыре. Мне выложили три свертка по пятидесяти фридрихсдоров и десять золотых монет; всего, с прежним, очутилось у меня двести фридрихсдоров.

Я был как в горячке и двинул всю эту кучу денег на красную — и вдруг опомнился! И только раз во весь этот вечер, во всю игру, страх прошел по мне холодом и отозвался дрожью в руках и ногах. Я с ужасом ощутил и мгновенно сознал: что для меня теперь значит проиграть! Стояла на ставке вся моя жизнь!

— Rouge! — крикнул крупер, — и я перевел дух, огненные мурашки посыпались по моему телу. Со мною расплатились банковыми билетами; стало быть, все уж четыре тысячи флоринов и восемьдесят фридрихсдоров! (Я еще мог следить тогда за счетом).

Затем, помнится, я поставил две тысячи флоринов опять на двенадцать средних и проиграл; поставил мое золото и восемьдесят фридрихсдоров и проиграл. Бешенство овладело мною: я схватил последние оставшиеся мне две тысячи флоринов и поставил на двенадцать первых — так, на авось, зря, без расчета! Впрочем, было одно мгновение ожидания, похожее, может быть, впечатлением на впечатление, испытанное madame Blanchard, когда она, в Париже, летела с воздушного шара на землю.

— Quatre![65] — крикнул крупер. Всего, с прежнею ставкою, опять очутилось шесть тысяч флоринов. Я уже смотрел как

---

[63] Двадцать два! (франц.).

[64] Тридцать один (франц.).

[65] Четыре! (франц.).

победитель, я уже ничего, ничего теперь не боялся и бросил четыре тысячи флоринов на черную. Человек девять бросилось, вслед за мною, тоже ставить на черную. Круперы переглядывались и переговаривались. Кругом говорили и ждали.

Вышла черная. Не помню я уж тут ни расчета, ни порядка моих ставок. Помню только, как во сне, что я уже выиграл, кажется, тысяч шестнадцать флоринов; вдруг, тремя несчастными ударами, спустил из них двенадцать; потом двинул последние четыре тысячи на "passe" (но уж почти ничего не ощущал при этом; я только ждал, как-то механически, без мысли) — и опять выиграл; затем, выиграл еще четыре раза сряду. Помню только, что я забирал деньги тысячами; запоминаю я тоже, что чаще всех выходили двенадцать средних, к которым я и привязался. Они появлялись как-то регулярно — непременно раза три, четыре сряду, потом исчезали на два раза и потом возвращались опять раза на три или на четыре кряду. Эта удивительная регулярность встречается иногда полосами — и вот это-то и сбивает с толку записных игроков, рассчитывающих с карандашом в руках. И какие здесь случаются иногда ужасные насмешки судьбы!

Я думаю, с моего прибытия времени прошло не более получаса. Вдруг крупер уведомил меня, что я выиграл тридцать тысяч флоринов, а так как банк за один раз больше не отвечает, то, стало быть, рулетку закроют до завтрашнего утра. Я схватил всё мое золото, ссыпал его в карманы, схватил все билеты и тотчас перешел на другой стол, в другую залу, где была другая рулетка; за мною хлынула вся толпа; там тотчас же очистили мне место, и я пустился ставить опять, зря и не считая. Не понимаю, что меня спасло!

Иногда, впрочем, начинал мелькать в голове моей расчет. Я привязывался к иным цифрам и шансам, но скоро оставлял их и ставил опять, почти без сознания. Должно быть, я был очень рассеян; помню, что круперы несколько раз поправляли мою игру. Я делал грубые ошибки. Виски мои были смочены потом и руки дрожали. Подскакивали было и полячки с услугами, но я никого не слушал. Счастье не прерывалось! Вдруг кругом поднялся громкий говор и смех. "Браво, браво!" — кричали все, иные даже захлопали в ладоши. Я сорвал и тут тридцать тысяч флоринов, и банк опять закрыли до завтра!

— Уходите, уходите, — шептал мне чей-то голос справа. Это был какой-то франкфуртский жид; он всё время стоял подле меня и, кажется, помогал мне иногда в игре.

— Ради бога уходите, — прошептал другой голос над левым моим ухом. Я мельком взглянул. Это была весьма скромно и прилично одетая дама, лет под тридцать, с каким-то болезненно бледным, усталым лицом, но напоминавшим и теперь ее чудную прежнюю красоту. В эту минуту я набивал карманы билетами, которые так и комкал, и собирал оставшееся на столе золото. Захватив последний сверток в пятьдесят фридрихсдоров, я успел, совсем неприметно, сунуть его в руку бледной даме; мне это ужасно захотелось тогда сделать, и тоненькие, худенькие ее пальчики, помню, крепко сжали мою руку в знак живейшей благодарности. Всё это произошло в одно мгновение.

Собрав всё, я быстро перешел на trente et quarante.

За trente et quarante сидит публика аристократическая. Это не рулетка, это карты. Тут банк отвечает за сто тысяч талеров разом. Наибольшая ставка тоже четыре тысячи флоринов. Я совершенно не знал игры и не знал почти ни одной ставки, кроме красной и черной, которые тут тоже были. К ним-то я и привязался. Весь воксал столпился кругом. Не помню, вздумал ли я в это время хоть раз о Полине. Я тогда ощущал какое-то непреодолимое наслаждение хватать и загребать банковые билеты, нараставшие кучею предо мной.

Действительно, точно судьба толкала меня. На этот раз, как нарочно, случилось одно обстоятельство, довольно, впрочем, часто повторяющееся в игре. Привяжется счастие, например, к красной и не оставляет ее раз десять, даже пятнадцать сряду. Я слышал еще третьего дня, что красная, на прошлой неделе, вышла двадцать два раза сряду; этого даже и не запомнят на рулетке и рассказывали с удивлением. Разумеется, все тотчас же оставляют красную и уже после десяти раз, например, почти никто не решается на нее ставить. Но и на черную, противоположную красной, не ставит тогда никто из опытных игроков. Опытный игрок знает, что значит это "своенравие случая". Например, казалось бы, что после шестнадцати раз красной семнадцатый удар непременно ляжет на черную. На это бросаются новички толпами, удвоивают и утроивают куши, и страшно проигрываются.

Но я, по какому-то странному своенравию, заметив, что красная вышла семь раз сряду, нарочно к ней привязался. Я убежден, что тут наполовину было самолюбия; мне хотелось удивить зрителей безумным риском, и — о странное ощущение — я помню отчетливо, что мною вдруг действительно без всякого вызова самолюбия овладела ужасная жажда риску. Может быть, перейдя через столько ощущений, душа не насыщается, а только раздражается ими и требует ощущений еще, и всё сильней и сильней, до окончательного утомления. И, право не лгу, если б устав игры позволял поставить пятьдесят тысяч флоринов разом, я бы поставил их наверно. Кругом кричали, что это безумно, что красная уже выходит четырнадцатый раз!

— Monsieur a gagné déjà cent mille florins,[66] — раздался подле меня чей-то голос.

Я вдруг очнулся. Как? я выиграл в этот вечер сто тысяч флоринов! Да к чему же мне больше? Я бросился на билеты, скомкал их в карман, не считая, загреб всё мое золото, все свертки и побежал из воксала. Кругом все смеялись, когда я проходил по залам, глядя на мои оттопыренные карманы и на неровную походку от тяжести золота. Я думаю, его было гораздо более полупуда. Несколько рук протянулось ко мне; я раздавал горстями, сколько захватывалось. Два жида остановили меня у выхода.

— Вы смелы! вы очень смелы! — сказали они мне, — но уезжайте завтра утром непременно, как можно раньше, не то вы всё-всё проиграете...

Я их не слушал. Аллея была темна, так что руки своей

---

[66] Господин выиграл уже сто тысяч флоринов (франц.).

нельзя было различить. До отеля было с полверсты. Я никогда не боялся ни воров, ни разбойников, даже маленький; не думал о них и теперь. Я, впрочем, не помню, о чем я думал дорогою; мысли не было. Ощущал я только какое-то ужасное наслаждение удачи, победы, могущества — не знаю, как выразиться. Мелькал предо мною и образ Полины; я помнил и сознавал, что иду к ней, сейчас с ней сойдусь и буду ей рассказывать, покажу... но я уже едва вспомнил о том, что она мне давеча говорила, и зачем я пошел, и все те недавние ощущения, бывшие всего полтора часа назад, казались мне уж теперь чем-то давно прошедшим, исправленным, устаревшим — о чем мы уже не будем более поминать, потому что теперь начнется всё сызнова. Почти уж в конце аллеи вдруг страх напал на меня: "Что, если меня сейчас убьют и ограбят?" С каждым шагом мой страх возрастал вдвое. Я почти бежал. Вдруг в конце аллеи разом блеснул весь наш отель, освещенный бесчисленными огнями, — слава богу: дома!

Я добежал в свой этаж и быстро растворил дверь. Полина была тут и сидела на моем диване, перед зажженною свечою, скрестя руки. С изумлением она на меня посмотрела, и, уж конечно, в эту минуту я был довольно странен на вид. Я остановился пред нею и стал выбрасывать на стол всю мою груду денег.

Глава XV

Помню, она ужасно пристально смотрела в мое лицо, но не трогаясь с места, не изменяя даже своего положения.

— Я выиграл двести тысяч франков, — вскричал я, выбрасывая последний сверток. Огромная груда билетов и свертков золота заняла весь стол, я не мог уж отвести от нее моих глаз; минутами я совсем забывал о Полине. То начинал я приводить в порядок эти кучи банковых билетов, складывал их вместе, то откладывал в одну общую кучу золото; то бросал всё и пускался быстрыми шагами ходить по комнате, задумывался, потом вдруг опять подходил к столу, опять начинал считать деньги. Вдруг, точно опомнившись, я бросился к дверям и поскорее запер их, два раза обернув ключ. Потом остановился в раздумье пред маленьким моим чемоданом.

— Разве в чемодан положить до завтра? — спросил я, вдруг обернувшись к Полине, и вдруг вспомнил о ней. Она же всё сидела не шевелясь, на том же месте, но пристально следила за мной. Странно как-то было выражение ее лица; не понравилось мне это выражение! Не ошибусь, если скажу, что в нем была ненависть.

Я быстро подошел к ней.

— Полина, вот двадцать пять тысяч флоринов — это пятьдесят тысяч франков, даже больше. Возьмите, бросьте их ему завтра в лицо.

Она не ответила мне.

— Если хотите, я отвезу сам, рано утром. Так?

Она вдруг засмеялась. Она смеялась долго.

Я с удивлением и с скорбным чувством смотрел на нее. Этот смех очень похож был на недавний, частый, насмешливый смех ее надо мной, всегда приходившийся во время самых страстных моих объяснений. Наконец она перестала и нахмурилась; строго оглядывала она меня исподлобья.

— Я не возьму ваших денег, — проговорила она презрительно.

— Как? Что это? — закричал я. — Полина, почему же?

— Я даром денег не беру.

— Я предлагаю вам, как друг; я вам жизнь предлагаю. Она посмотрела на меня долгим, пытливым взглядом, как бы пронзить меня им хотела.

— Вы дорого даете, — проговорила она усмехаясь, — любовница Де-Грие не стоит пятидесяти тысяч франков.

— Полина, как можно так со мною говорить! — вскричал я с укором, — разве я Де-Грие?

— Я вас ненавижу! Да... да!.. я вас не люблю больше, чем Де-Грие, — вскричала она, вдруг засверкав глазами.

Тут она закрыла вдруг руками лицо, и с нею сделалась истерика. Я бросился к ней.

Я понял, что с нею что-то без меня случилось. Она была совсем как бы не в своем уме.

— Покупай меня! Хочешь? хочешь? за пятьдесят тысяч франков, как Де-Грие? — вырывалось у ней с судорожными рыданиями. Я обхватил ее, целовал ее руки, ноги, упал пред нею на колени.

Истерика ее проходила. Она положила обе руки на мои плечи и пристально меня рассматривала; казалось, что-то хотела прочесть на моем лице. Она слушала меня, но, видимо, не слыхала того, что я ей говорил. Какая-то забота и вдумчивость явились в лице ее. Я боялся за нее; мне решительно казалось, что у ней ум мешается. То вдруг начинала она тихо привлекать меня к себе; доверчивая улыбка уже блуждала в ее лице; и вдруг она меня отталкивала и опять омраченным взглядом принималась в меня всматриваться.

Вдруг она бросилась обнимать меня.

— Ведь ты меня любишь, любишь? — говорила она, — ведь ты, ведь ты... за меня с бароном драться хотел! — И вдруг она расхохоталась, точно что-то смешное и милое мелькнуло вдруг в ее памяти. Она и плакала, и смеялась — всё вместе. Ну что мне было делать? Я сам был как в лихорадке. Помню, она начинала мне что-то говорить, но я почти ничего не мог понять. Это был какой-то бред, какой-то лепет, — точно ей хотелось что-то поскорей мне рассказать, — бред, прерываемый иногда самым веселым смехом, который начинал пугать меня. "Нет,

нет, ты милый, милый! — повторяла она. — Ты мой верный!" — и опять клала мне руки свои на плечи, опять в меня всматривалась и продолжала повторять: "Ты меня любишь... любишь... будешь любить?" Я не сводил с нее глаз; я еще никогда не видал ее в этих припадках нежности и любви; правда, это, конечно, был бред, но... заметив мой страстный взгляд, она вдруг начинала лукаво улыбаться; ни с того ни с сего она вдруг заговаривала о мистере Астлее.

Впрочем, о мистере Астлее она беспрерывно заговаривала (особенно когда силилась мне что-то давеча рассказать), но что именно, я вполне не мог схватить; кажется, она даже смеялась над ним; повторяла беспрерывно, что он ждет... и что знаю ли я, что он наверное стоит теперь под окном? "Да, да, под окном, — ну отвори, посмотри, посмотри, он здесь, здесь!" Она толкала меня к окну, но только я делал движение идти, она заливалась смехом, и я оставался при ней, а она бросалась меня обнимать.

— Мы уедем? Ведь мы завтра уедем? — приходило ей вдруг беспокойно в голову, — ну... (и она задумалась) — ну, а догоним мы бабушку, как ты думаешь? В Берлине, я думаю, догоним. Как ты думаешь, что она скажет, когда мы ее догоним и она нас увидит? А мистер Астлей?.. Ну, этот не соскочит с Шлангенберга, как ты думаешь? (Она захохотала). Ну, послушай: знаешь, куда он будущее лето едет? Он хочет на Северный полюс ехать для ученых исследований и меня звал с собою, ха-ха-ха! Он говорит, что мы, русские, без европейцев ничего не знаем и ни к чему не способны... Но он тоже добрый! Знаешь, он "генерала" извиняет; он говорит, что Blanche... что страсть, — ну не знаю, не знаю, — вдруг повторила она, как бы заговорясь и потерявшись. — Бедные они, как мне их жаль, и бабушку... Ну, послушай, послушай, ну где тебе убить Де-Грие? И неужели, неужели ты думал, что убьешь? О глупый! Неужели ты мог подумать, что я пущу тебя драться с Де-Грие? Да ты и барона-то не убьешь, — прибавила она, вдруг засмеявшись. — О, как ты был тогда смешон с бароном; я глядела на вас обоих со скамейки; и как тебе не хотелось тогда идти, когда я тебя посылала. Как я тогда смеялась, как я тогда смеялась, — прибавила она хохоча.

И вдруг она опять целовала и обнимала меня, опять страстно и нежно прижимала свое лицо к моему. Я уж более ни о чем не думал и ничего не слышал. Голова моя закружилась...

Я думаю, что было около семи часов утра, когда я очнулся; солнце светило в комнату. Полина сидела подле меня и странно осматривалась, как будто выходя из какого-то мрака и собирая воспоминания. Она тоже только что проснулась и пристально смотрела на стол и деньги. Голова моя была тяжела и болела. Я было хотел взять Полину за руку; она вдруг оттолкнула меня и вскочила с дивана. Начинавшийся день был пасмурный; пред рассветом шел дождь. Она подошла к окну, отворила его, выставила голову и грудь и, подпершись руками, а локти положив на косяк окна, пробыла так минуты три, не оборачиваясь ко мне и не слушая того, что я ей говорил. Со страхом приходило мне в голову: что же теперь будет и чем это кончится? Вдруг она поднялась с окна, подошла к столу и, смотря на меня с выражением бесконечной ненависти, с дрожавшими от злости губами, сказала мне:

— Ну, отдай же мне теперь мои пятьдесят тысяч франков!

— Полина, опять, опять! — начал было я.

— Или ты раздумал? ха-ха-ха! Тебе, может быть, уже и жалко?

Двадцать пять тысяч флоринов, отсчитанные еще вчера, лежали на столе; я взял и подал ей.

— Ведь они уж теперь мои? Ведь так? Так? — злобно спрашивала она меня, держа деньги в руках.

— Да они и всегда были твои, — сказал я.

— Ну так вот же твои пятьдесят тысяч франков! — Она размахнулась и пустила их в меня. Пачка больно ударила мне в лицо и разлетелась по полу. Совершив это, Полина выбежала из комнаты.

Я знаю, она, конечно, в ту минуту была не в своем уме, хоть я и не понимаю этого временного помешательства. Правда, она еще и до сих пор, месяц спустя, еще больна. Что было, однако, причиною этого состояния, а главное, этой выходки? Оскорбленная ли гордость? Отчаяние ли о том, что она решилась даже прийти ко мне? Не показал ли я ей виду, что тщеславлюсь моим счастием и в самом деле точно так же, как и Де-Грие, хочу отделаться от нее, подарив ей пятьдесят тысяч франков? Но ведь этого не было, я знаю по своей совести. Думаю, что виновато было тут отчасти и ее тщеславие: тщеславие подсказало ей не поверить мне и оскорбить меня, хотя всё это представлялось ей, может быть, и самой неясно. В таком случае я, конечно, ответил за Де-Грие и стал виноват, может быть, без большой вины. Правда, всё это был только бред; правда и то, что я знал, что она в бреду, и... не обратил внимания на это обстоятельство. Может быть, она теперь не может мне простить этого? Да, но это теперь; но тогда, тогда? Ведь не так же сильны были ее бред и болезнь, чтобы она уж совершенно забыла, что делает, идя ко мне с письмом Де-Грие? Значит, она знала, что делает.

Я кое-как, наскоро, сунул все мои бумаги и всю мою кучу золота в постель, накрыл ее и вышел минут десять после Полины. Я был уверен, что она побежала домой, и хотел потихоньку пробраться к ним и в передней спросить у няни о здоровье барышни. Каково же было мое изумление, когда от встретившейся мне на лестнице нянюшки я узнал, что Полина домой еще не возвращалась и что няня сама шла ко мне за ней.

— Сейчас, — говорил я ей, — сейчас только ушла от меня, минут десять тому назад, куда же могла она деваться?

Няня с укоризной на меня поглядела.

А между тем вышла целая история, которая уже ходила по отелю. В швейцарской и у обер-кельнера перешептывались, что фрейлейн утром, в шесть часов, выбежала из отеля, в дождь, и побежала по направлению к hôtel d'Angleterre. По их словам и намекам я заметил, что они уже знают, что она провела всю ночь в моей комнате. Впрочем, уже рассказывалось о всем генеральском семействе: стало известно, что генерал вчера сходил с ума и плакал на весь отель. Рассказывали при этом, что приезжавшая бабушка была его мать, которая затем нарочно и появилась из самой России, чтоб воспретить своему сыну брак с mademoiselle de Cominges, а за ослушание лишить его наследства, и так как он действительно не послушался, то графиня, в его же глазах, нарочно и проиграла все свои деньги на рулетке, чтоб так уже ему и недоставалось ничего. "Diese Russen!"[67] — повторял обер-кельнер с негодованием, качая головой. Другие смеялись. Обер-кельнер готовил счет. Мой выигрыш был уже известен; Карл, мой коридорный лакей, первый поздравил меня. Но мне было не до них. Я бросился в отель d'Angleterre.

Еще было рано; мистер Астлей не принимал никого; узнав же, что это я, вышел ко мне в коридор и остановился предо мной, молча устремив на меня свой оловянный взгляд, и ожидал: что я скажу? Я тотчас спросил о Полине.

— Она больна, — отвечал мистер Астлей, по-прежнему смотря на меня в упор и не сводя с меня глаз.

— Так она в самом деле у вас?

— О да, у меня.

— Так как же вы... вы намерены ее держать у себя?

— О да, я намерен.

— Мистер Астлей, это произведет скандал; этого нельзя. К тому же она совсем больна; вы, может быть, не заметили?

— О да, я заметил и уже вам сказал, что она больна. Если б она была не больна, то у вас не провела бы ночь.

— Так вы и это знаете?

— Я это знаю. Она шла вчера сюда, и я бы отвел ее к моей родственнице, но так как она была больна, то ошиблась и пришла к вам.

— Представьте себе! Ну поздравляю вас, мистер Астлей. Кстати, вы мне даете идею: не стояли ли вы всю ночь у нас под окном? Мисс Полина всю ночь заставляла меня открывать окно и смотреть, — не стоите ли вы под окном, и ужасно смеялась.

— Неужели? Нет, я под окном не стоял; но я ждал в коридоре и кругом ходил.

— Но ведь ее надо лечить, мистер Астлей.

— О да, я уж позвал доктора, и если она умрет, то вы дадите мне отчет в ее смерти. Я изумился:

— Помилуйте, мистер Астлей, что это вы хотите?

— А правда ли, что вы вчера выиграли двести тысяч талеров?

— Всего только сто тысяч флоринов.

— Ну вот видите! Итак, уезжайте сегодня утром в Париж.

— Зачем?

— Все русские, имея деньги, едут в Париж, — пояснил мистер Астлей голосом и тоном, как будто прочел это по книжке.

— Что я буду теперь, летом, в Париже делать? Я ее люблю, мистер Астлей! Вы знаете сами.

— Неужели? Я убежден, что нет. Притом же, оставшись здесь, вы проиграете наверное всё, и вам не на что будет ехать в Париж. Но прощайте, я совершенно убежден, что бы сегодня уедете в Париж.

— Хорошо, прощайте, только я в Париж не поеду. Подумайте, мистер Астлей, о том, что теперь будет у нас? Одним словом, генерал... и теперь это приключение с мисс Полиной — ведь это на весь город пойдет.

— Да, на весь город; генерал же, я думаю, об этом не думает, и ему не до этого. К тому же мисс Полина имеет полное право жить, где ей угодно. Насчет же этого семейства можно правильно сказать, что это семейство уже не существует.

Я шел и посмеивался странной уверенности этого англичанина, что я уеду в Париж. "Однако он хочет меня застрелить на дуэли, — думал я, — если mademoiselle Полина умрет, — вот еще комиссия!" Клянусь, мне было жаль Полину, но странно, — с самой той минуты, как я дотронулся вчера до игорного стола и стал загребать пачки денег, — моя любовь отступила как бы на второй план. Это я теперь говорю; но тогда еще я не замечал всего этого ясно. Неужели я и в самом деле игрок, неужели я и в самом деле... так странно любил Полину? Нет, я до сих пор люблю ее, видит бог! А тогда, когда я вышел от мистера Астлея и шел домой, я искренно страдал и винил себя. Но... но тут со мной случилась чрезвычайно странная и глупая история.

Я спешил к генералу, как вдруг невдалеке от их квартиры отворилась дверь и меня кто-то кликнул. Это была madame veuve Cominges и кликнула меня по приказанию mademoiselle Blanche. Я вошел в квартиру mademoiselle Blanche.

У них был небольшой номер, в две комнаты. Слышен был смех и крик mademoiselle Blanche из спальни. Она вставала с постели.

— A, c'est lui!! Viens donc, bêta! Правда ли, que tu as gagné une montagne d'or et d'argent? J'aimerais mieux l'or.[68]

— Выиграл, — отвечал я смеясь.

— Сколько?

— Сто тысяч флоринов.

— Bibi, comme tu es bête. Да, войди же сюда, я ничего не слышу. Nous ferons bombance, n'est-ce pas?[69]

Я вошел к ней. Она валялась под розовым атласным одеялом, из-под которого выставлялись смуглые, здоровые, удивительные плечи, — плечи, которые разве только увидишь во сне, — кое-как прикрытые батистовою оточенною белейшими кружевами сорочкою, что удивительно шло к ее смуглой коже.

— Mon fils, as-tu du coeur?[70] — вскричала она, завидев меня, и захохотала. Смеялась она всегда очень весело и даже иногда искренно.

— Tout autre...[71] — начал было я, парафразируя Корнеля.

— Вот видишь, vois-tu, — затараторила она вдруг, — во-первых, сыщи чулки, помоги обуться, а во-вторых, si tu n'es pas trop bête, je te prends à Paris.[72] Ты знаешь, я сейчас еду.

— Сейчас?

— Чрез полчаса.

Действительно, всё было уложено. Все чемоданы и ее вещи стояли готовые. Кофе был уже давно подан.

— Eh bien! хочешь, tu verras Paris. Dis donc qu'est ce que c'est

---

[68] Это он!! Иди же сюда, дурачок! Правда ли, что ты выиграл гору золота и серебра? Я предпочла бы золото (франц.).

[69] Биби, как ты глуп... Мы покутим, не правда ли? (франц.).

[70] Сын мой, храбр ли ты? (франц.).

[71] Всякий другой... (франц.).

[72] если ты не будешь слишком глуп, я возьму тебя в Париж (франц.).

qu'un outchitel? Tu étais bien bête, quand tu étais outchitel.[73] Где же мои чулки? Обувай же меня, ну!

Она выставила действительно восхитительную ножку, смуглую, маленькую, неисковерканную, как все почти эти ножки, которые смотрят такими миленькими в ботинках. Я засмеялся и начал натягивать на нее шелковый чулочек. Mademoiselle Blanche между тем сидела на постели и тараторила.

— Eh bien, que feras-tu, si je te prends avec? Во-первых, je veux cinquante mille francs. Ты мне их отдашь во Франкфурте. Nous allons à Paris; там мы живем вместе и je te ferai voir des étoiles en plein jour.[74] Ты увидишь таких женщин, каких ты никогда не видывал. Слушай...

— Постой, эдак я тебе отдам пятьдесят тысяч франков, а что же мне-то останется?

— Et cent cinquante mille francs,[75] ты забыл, и, сверх того, я согласна жить на твоей квартире месяц, два, que sais-je![76] Мы, конечно, проживем в два месяца эти сто пятьдесят тысяч франков. Видишь, je suis bonne enfant[77] и тебе вперед говорю, mais tu verras des étoiles.[78]

— Как, всё в два месяца?

— Как! Это тебя ужасает! Ah, vil esclave![79] Да знаешь ли ты, что один месяц этой жизни лучше всего твоего существования. Один месяц — et après le déluge! Mais tu ne peux comprendre, va! Пошел, пошел, ты этого не стоишь! Ай, que fais-tu?[80]

---

[73] ты увидишь Париж. Скажи-ка, что это такое учитель? Ты был очень глуп, когда ты был учителем (франц.).

[74] Ну что ты будешь делать, если я тебя возьму с собой?.. я хочу пятьдесят тысяч франков... Мы едем в Париж... и ты у меня увидишь звезды среди бела дня (франц.).

[75] А сто пятьдесят тысяч франков (франц.).

[76] почем я знаю! (франц.).

[77] я добрая девочка (франц.).

[78] но ты увидишь звезды (франц.).

[79] А, низкий раб! (франц.).

[80] а потом хоть потоп! Но ты не можешь этого понять, где тебе!.. Что ты делаешь? (франц.).

В эту минуту я обувал другую ножку, но не выдержал и поцеловал ее. Она вырвала и начала меня бить кончиком ноги по лицу. Наконец она прогнала меня совсем. "Eh bien, mon outchitel, je t'attends, si tu veux;[81] чрез четверть часа я еду!" — крикнула она мне вдогонку.

Воротясь домой, был я уже как закруженный. Что же, я не виноват, что mademoiselle Полина бросила мне целой пачкой в лицо и еще вчера предпочла мне мистера Астлея. Некоторые из распавшихся банковых билетов еще валялись на полу; я их подобрал. В эту минуту отворилась дверь и явился сам обер-кельнер (который на меня прежде и глядеть не хотел) с приглашением: не угодно ли мне перебраться вниз, в превосходный номер, в котором только что стоял граф В.

Я постоял, подумал.

— Счет! — закричал я, — сейчас еду, чрез десять минут. — "В Париж так в Париж! — подумал я про себя, — знать, на роду написано!"

Чрез четверть часа мы действительно сидели втроем в одном общем семейном вагоне: я, mademoiselle Blanche et madame veuve Cominges. Mademoiselle Blanche хохотала, глядя на меня, до истерики. Veuve Cominges ей вторила; не скажу, чтобы мне было весело. Жизнь переламывалась надвое, но со вчерашнего дня я уж привык всё ставить на карту. Может быть, и действительно правда, что я не вынес денег и закружился. Peut-être, je ne demandais pas mieux.[82] Мне казалось, что на время — но только на время — переменяются декорации. "Но чрез месяц я буду здесь, и тогда... и тогда мы еще с вами потягаемся, мистер Астлей!" Нет, как припоминаю теперь, мне и тогда было ужасно грустно, хоть я и хохотал взапуски с этой дурочкой Blanche.

— Да чего тебе! Как ты глуп! О, как ты глуп! — вскрикивала Blanche, прерывая свой смех и начиная серьезно бранить меня. — Ну да, ну Да, да, мы проживем твои двести тысяч франков,

---

[81] Ну, мой учитель, я тебя жду, если хочешь (франц.).

[82] Может быть, только этого мне и надо было (франц.).

но зато, mais tu seras heureux, comme un petit roi;[83] я сама тебе буду повязывать галстук и познакомлю тебя с Hortense. А когда мы проживем все наши деньги, ты приедешь сюда и опять сорвешь банк. Что тебе сказали жиды? Главное — смелость, а у тебя она есть, и ты мне еще не раз будешь возить деньги в Париж. Quant à moi, je veux cinquante mille francs de rente et alors...[84]

— А генерал? — спросил я ее.

— А генерал, ты знаешь сам, каждый день в это время уходит мне за букетом. На этот раз я нарочно велела отыскать самых редких цветов. Бедняжка воротится, а птичка и улетела. Он полетит за нами, увидишь. Ха-ха-ха! Я очень буду рада. В Париже он мне пригодится; за него здесь заплатит мистер Астлей...

И вот таким-то образом я и уехал тогда в Париж.

---

[83] но ты будешь счастлив, как маленький король (франц.).

[84] Что до меня, то я хочу пятьдесят тысяч франков ренты и тогда... (франц.)

Глава XVI

Что я скажу о Париже? Всё это было, конечно, и бред, и дурачество. Я прожил в Париже всего только три недели с небольшим, и в этот срок были совершенно покончены мои сто тысяч франков. Я говорю только про сто тысяч; остальные сто тысяч я отдал mademoiselle Blanche чистыми деньгами, — пятьдесят тысяч во Франкфурте и чрез три дня в Париже, выдал ей же еще пятьдесят тысяч франков, векселем, за который, впрочем, чрез неделю она взяла с меня и деньги, "et les cent mille francs, qui nous restent, tu les mangeras avec moi, mon outchitel".[85] Она меня постоянно звала учителем. Трудно представить себе что-нибудь на свете расчетливее, скупее и скалдырнее разряда существ, подобных mademoiselle Blanche. Но это относительно своих денег. Что же касается до моих ста тысяч франков, то она мне прямо объявила потом, что они ей нужны были для первой постановки себя в Париже. "Так что уж я теперь стала на приличную ногу раз навсегда, и теперь уж меня долго никто не собьет, по крайней мере я так распорядилась", — прибавила она. Впрочем, я почти и не видал этих ста тысяч; деньги во всё время держала она, а в моем кошельке, в который она сама каждый день наведывалась, никогда не скоплялось более ста франков, и всегда почти было менее.

"Ну к чему тебе деньги?" — говорила она иногда с самым простейшим видом, и я с нею не спорил. Зато она очень и очень недурно отделала на эти деньги свою квартиру, и когда потом перевела меня на новоселье, то, показывая мне комнаты, сказала: "Вот что с расчетом и со вкусом можно сделать с самыми мизерными средствами". Этот мизер стоил, однако, ровно пятьдесят тысяч франков. На остальные пятьдесят тысяч она завела экипаж, лошадей, кроме того, мы задали два бала, то есть две вечеринки, на которых были и Hortense и Lisette и

---

[85] и сто тысяч франков, которые нам остались, ты их проешь со мной, мой учитель (франц.).

Cléopâtre — женщины замечательные во многих и во многих отношениях и даже далеко не дурные. На этих двух вечеринках я принужден был играть преглупейшую роль хозяина, встречать и занимать разбогатевших и тупейших купчишек, невозможных по их невежеству и бесстыдству, разных военных поручиков и жалких авторишек и журнальных козявок, которые явились в модных фраках, в палевых перчатках и с самолюбием и чванством в таких размерах, о которых даже у нас в Петербурге немыслимо, — а уж это много значит сказать. Они даже вздумали надо мной смеяться, но я напился шампанского и провалялся в задней комнате. Всё это было для меня омерзительно в высшей степени. "C'est un outchitel, — говорила обо мне Blanche, — il a gagné deux cent mille francs[86] и который без меня не знал бы, как их истратить. А после он опять поступит в учителя; — не знает ли кто-нибудь места? Надобно что-нибудь для него сделать". К шампанскому я стал прибегать весьма часто, потому что мне было постоянно очень грустно и до крайности скучно. Я жил в самой буржуазной, в самой меркантильной среде, где каждый су был рассчитан и вымерен. Blanche очень не любила меня в первые две недели, я это заметил; правда, она одела меня щегольски и сама ежедневно повязывала мне галстук, но в душе искренно презирала меня. Я на это не обращал ни малейшего внимания. Скучный и унылый, я стал уходить обыкновенно в "Château des Fleurs",[87] где регулярно, каждый вечер, напивался и учился канкану (который там прегадко танцуют) и впоследствии приобрел в этом роде даже знаменитость. Наконец Blanche раскусила меня: она как-то заранее составила себе идею, что я, во всё время нашего сожительства, буду ходить за нею с карандашом и бумажкой в руках и всё буду считать, сколько она истратила, сколько украла, сколько истратит и сколько еще украдет? И, уж конечно, была уверена, что у нас из-за каждых десяти франков будет баталия. На всякое нападение мое,

---

[86] и сто тысяч франков, которые нам остались, ты их проешь со мной, мой учитель (франц.).

[87] "Замок цветов" (франц.).

предполагаемое ею заранее, она уже заблаговременно заготовила возражения; но, не видя от меня никаких нападений, сперва было пускалась сама возражать. Иной раз начнет горячо-горячо, но, увидя, что я молчу, — чаще всего валяясь на кушетке и неподвижно смотря в потолок, — даже, наконец, удивится. Сперва она думала, что я просто глуп, "un outchitel", и просто обрывала свои объяснения, вероятно, думая про себя: "Ведь он глуп; нечего его и наводить, коль сам не понимает". Уйдет, бывало, но минут через десять опять воротится (это случалось во время самых неистовых трат ее, трат совершенно нам не по средствам: например, она переменила лошадей и купила в шестнадцать тысяч франков пару).

— Ну, так ты, Bibi, не сердишься? — подходила она ко мне.

— Не-е-ет! Надо-е-е-ла! — говорил я, отстраняя ее от себя рукою, но это было для нее так любопытно, что она тотчас же села подле:

— Видишь, если я решилась столько заплатить, то это потому, что их продавали по случаю. Их можно опять продать за двадцать тысяч франков.

— Верю, верю; лошади прекрасные; и у тебя теперь славный выезд; пригодится; ну и довольно.

— Так ты не сердишься?

— За что же? Ты умно делаешь, что запасаешься некоторыми необходимыми для тебя вещами. Всё это потом тебе пригодится. Я вижу, что тебе действительно нужно поставить себя на такую ногу; иначе миллиона не наживешь. Тут наши сто тысяч франков только начало, капля в море.

Blanche, всего менее ожидавшая от меня таких рассуждений (вместо криков-то да попреков!), точно с неба упала.

— Так ты... так ты вот какой! Mais tu as de l'esprit pour comprendre! Sais-tu, mon garçon,[88] хоть ты и учитель, — но ты

---

[88] Оказывается, ты достаточно умен, чтоб понимать! Знаешь, мой мальчик (франц.).

должен был родиться принцем! Так ты не жалеешь, что у нас деньги скоро идут?

— Ну их, поскорей бы уж!

— Mais... sais-tu... mais dis donc, разве ты богат? Mais sais-tu, ведь ты уж слишком презираешь деньги. Qu'est ce que tu feras après, dis donc?[89]

— Après поеду в Гомбург и еще выиграю сто тысяч франков.

— Oui, oui, c'est ça, c'est magnifique![90] И я знаю, что ты непременно выиграешь и привезешь сюда. Dis donc, да ты сделаешь, что я тебя и в самом деле полюблю! Eh bien, за то, что ты такой, я тебя буду всё это время любить и не сделаю тебе ни одной неверности. Видишь, в это время я хоть и не любила тебя, parce que je croyais, que tu n'est qu'un outchitel (quelque chose comme un laquais, n'est-ce pas?), но я все-таки была тебе верна, parce que je suis bonne fille.[91]

— Ну, и врешь! А с Альбертом-то, с этим офицеришкой черномазым, разве я не видал прошлый раз?

— Oh, oh, mais tu es...[92]

— Ну, врешь, врешь; да ты что думаешь, что я сержусь? Да наплевать! il faut que jeunesse se passe.[93] Не прогнать же тебе его, коли он был прежде меня и ты его любишь. Только ты ему денег не давай, слышишь?

Так ты и за это не сердишься? Mais tu es un vrai philosophe, sais-tu? Un vrai philosophe! — вскричала она в восторге. — Eh bien, je t'aimerai, je t'aimerai — tu verras, tu sera content![94]

И действительно, с этих пор она ко мне даже как будто и в

---

[89] Но... знаешь... скажи-ка... Но знаешь... Что же ты будешь делать потом, скажи? (франц.).

[90] Вот-вот, это великолепно (франц.).

[91] Потому что я думала, что ты только учитель (что-то вроде лакея, не правда ли?)... потому что я добрая девушка (франц.).

[92] О, но ты... (франц.).

[93] надо в молодости перебеситься (франц.).

[94] Но ты настоящий философ, знаешь? Настоящий философ!.. Ну я буду тебя любить, любить — увидишь, ты будешь доволен! (франц.).

самом деле привязалась, даже дружески, и так прошли наши последние десять дней. Обещанных "звезд" я не видал; но в некоторых отношениях она и в самом деле сдержала слово. Сверх того, она познакомила меня с Hortense, которая была слишком даже замечательная в своем роде женщина и в нашем кружке называлась Thérèse-philosophe...

Впрочем, нечего об этом распространяться; всё это могло бы составить особый рассказ, с особым колоритом, который я не хочу вставлять в эту повесть. Дело в том, что я всеми силами желал, чтоб всё это поскорее кончилось. Но наших ста тысяч франков хватило, как я уже сказал, почти на месяц, чему я искренно удивлялся: по крайней мере, на восемьдесят тысяч, из этих денег, Blanche накупила себе вещей, и мы прожили никак не более двадцати тысяч франков, и — все-таки достало. Blanche, которая под конец была уже почти откровенна со мной (по крайней мере кое в чем не врала мне), призналась, что по крайней мере на меня не падут долги, которые она принуждена была сделать. "Я тебе не давала подписывать счетов и векселей, — говорила она мне, — потому что жалела тебя; а другая бы непременно это сделала и уходила бы тебя в тюрьму. Видишь, видишь, как я тебя любила и какая я добрая! Одна эта чертова свадьба чего будет стоить!"

У нас действительно была свадьба. Случилась она уже в самом конце нашего месяца, и надо предположить, что на нее ушли самые последние подонки моих ста тысяч франков; тем дело и кончилось, то есть тем наш месяц и кончился, и я после этого формально вышел в отставку.

Случилось это так: неделю спустя после нашего водворения в Париже приехал генерал. Он прямо приехал к Blanche и с первого же визита почти у нас и остался. Квартирка где-то, правда, у него была своя. Blanche встретила его радостно, с визгами и хохотом и даже бросилась его обнимать; дело обошлось так, что уж она сама его не отпускала, и он всюду должен был следовать за нею: и на бульваре, и на катаньях, и в театре, и по знакомым. На это употребление генерал еще годился; он был довольно сановит и приличен — росту почти высокого, с крашеными бакенами и усищами (он прежде

141

служил в кирасирах), с лицом видным, хотя несколько и обрюзглым. Манеры его были превосходные, фрак он носил очень ловко. В Париже он начал носить свои ордена. С эдаким пройтись по бульвару было не только возможно, но, если так можно выразиться, даже рекомендательно. Добрый и бестолковый генерал был всем этим ужасно доволен; он совсем не на это рассчитывал, когда к нам явился по приезде в Париж. Он явился тогда, чуть не дрожа от страха; он думал, что Blanche закричит и велит его прогнать; а потому, при таком обороте дела, он пришел в восторг и весь этот месяц пробыл в каком-то бессмысленно-восторженном состоянии; да таким я его и оставил. Уже здесь я узнал в подробности, что после тогдашнего внезапного отъезда нашего из Рулетенбурга с ним случилось, в то же утро, что-то вроде припадка. Он упал без чувств, а потом всю неделю был почти как сумасшедший и заговаривался. Его лечили, но вдруг он всё бросил, сел в вагон и прикатил в Париж. Разумеется, прием Blanche оказался самым лучшим для него лекарством; но признаки болезни оставались долго спустя, несмотря на радостное и восторженное его состояние. Рассуждать или даже только вести кой-как немного серьезный разговор он уж совершенно не мог; в таком случае он только приговаривал ко всякому слову "гм!" и кивал головой — тем и отделывался. Часто он смеялся, но каким-то нервным, болезненным смехом, точно закатывался; другой раз сидит по целым часам пасмурный, как ночь, нахмурив свои густые брови. Многого он совсем даже и не припоминал; стал до безобразия рассеян и взял привычку говорить сам с собой. Только одна Blanche могла оживлять его; да и припадки пасмурного, угрюмого состояния, когда он забивался в угол, означали только то, что он давно не видел Blanche, или что Blanche куда-нибудь уехала, а его с собой не взяла, или, уезжая, не приласкала его. При этом он сам не сказал бы, чего ему хочется, и сам не знал, что он пасмурен и грустен. Просидев час или два (я замечал это раза два, когда Blanche уезжала на целый день, вероятно, к Альберту), он вдруг начинает озираться, суетиться, оглядывается, припоминает и как будто хочет кого-то сыскать; но, не видя никого и так и не припомнив, о чем хотел спросить, он опять впадал в забытье до тех пор, пока вдруг не являлась Blanche, веселая, резвая, разодетая, с своим звонким хохотом; она подбегала к нему, начинала его тормошить и даже целовала, чем, впрочем, редко его жаловала. Раз генерал до того ей обрадовался, что даже заплакал, — я даже подивился.

Blanche, с самого его появления у нас, начала тотчас же за него предо мною адвокатствовать. Она пускалась даже в красноречие; напоминала, что она изменила генералу из-за меня, что она была почти уж его невестою, слово дала ему; что из-за нее он бросил семейство, и что, наконец, я служил у него и должен бы это чувствовать, и что — как мне не стыдно... Я всё молчал, а она ужасно тараторила. Наконец я рассмеялся, и тем дело и кончилось, то есть сперва она подумала, что я дурак, а под конец остановилась на мысли, что я очень хороший и складный человек. Одним словом, я имел счастие решительно заслужить под конец полное благорасположение этой достойной девицы. (Blanche, впрочем, была и в самом деле предобрейшая девушка, — в своем только роде, разумеется; я ее не так ценил сначала). "Ты умный и добрый человек, — говаривала она мне под конец, — и... и... жаль только, что ты такой дурак! Ты ничего, ничего не наживешь!"

"Un vrai russe, un calmouk!"[95] Она несколько раз посылала меня прогуливать по улицам генерала, точь-в-точь с лакеем свою левретку. Я, впрочем, водил его и в театр, и в Bal-Mabile, и в рестораны. На это Blanche выдавала и деньги, хотя у генерала были и свои, и он очень любил вынимать бумажник при людях. Однажды я почти должен был употребить силу, чтобы не дать ему купить брошку в семьсот франков, которою он прельстился в Палерояле и которую во что бы то ни стало хотел подарить Blanche. Ну, что ей была брошка в семьсот франков? У генерала и всех-то денег было не более тысячи франков. Я никогда не мог узнать, откуда они у него явились? Полагаю, что от мистера Астлея, тем более что тот в отеле за них заплатил. Что же касается до того, как генерал всё это время смотрел на меня, то

---

[95] Настоящий русский, калмык! (франц.).

мне кажется, он даже и не догадывался о моих отношениях к Blanche. Он хоть и слышал как-то смутно, что я выиграл капитал, но, наверное, полагал, что я у Blanche вроде какого-нибудь домашнего секретаря или даже, может быть, слуги. По крайней мере говорил он со мной постоянно свысока по-прежнему, по-начальнически, и даже пускался меня иной раз распекать. Однажды он ужасно насмешил меня и Blanche, у нас, утром, за утренним кофе. Человек он был не совсем обидчивый; а тут вдруг обиделся на меня, за что? — до сих пор не понимаю. Но, конечно, он и сам не понимал. Одним словом, он завел речь без начала и конца, à bâtons-rompus,[96] кричал, что я мальчишка, что он научит... что он даст понять... и так далее, и так далее. Но никто ничего не мог понять. Blanche заливалась-хохотала; наконец его кое-как успокоили и увели гулять. Много раз я замечал, впрочем, что ему становилось грустно, кого-то и чего-то было жаль, кого-то недоставало ему, несмотря даже на присутствие Blanche. В эти минуты он сам пускался раза два со мною заговаривать, но никогда толком не мог объясниться, вспоминал про службу, про покойницу жену, про хозяйство, про имение. Нападет на какое-нибудь слово и обрадуется ему, и повторяет его сто раз на дню, хотя оно вовсе не выражает ни его чувств, ни его мыслей. Я пробовал заговаривать с ним о его детях; но он отделывался прежнею скороговоркою и переходил поскорее на другой предмет: "Да-да! дети-дети, вы правы, дети!" Однажды только он расчувствовался — мы шли с ним в театр: "Это несчастные дети! — заговорил он вдруг, — да, сударь, да, это не-с-счастные дети!" И потом несколько раз в этот вечер повторял слова: несчастные дети! Когда я раз заговорил о Полине, он пришел даже в ярость. "Это неблагодарная женщина, — воскликнул он, — она зла и неблагодарна! Она осрамила семью! Если б здесь были законы, я бы ее в бараний рог согнул! Да-с, да-с!" Что же касается до Де-Грие, то он даже и имени его слышать не мог. "Он погубил меня, — говорил он, — он обокрал меня, он меня зарезал! Это был мой кошмар в продолжение целых двух лет! Он по целым

---

[96] через пятое на десятое, бессвязно (франц.).

месяцам сряду мне во сне снился! Это — это, это... О, не говорите мне о нем никогда!"

Я видел, что у них что-то идет на лад, но молчал, по обыкновению. Blanche объявила мне первая: это было ровно за неделю до того, как мы расстались.

— Il a de la chance,[97] — тараторила она мне, — babouchka теперь действительно уж больна и непременно умрет. Мистер Астлей прислал телеграмму; согласись, что все-таки он наследник ее. А если б даже и нет, то он ничему не помешает. Во-первых, у него есть свой пенсион, а во-вторых, он будет жить в боковой комнате и будет совершенно счастлив. Я буду "madame la générale". Я войду в хороший круг (Blanche мечтала об этом постоянно), впоследствии буду русской помещицей, j'aurai un château, des moujiks, et puis j'aurai toujours mon million.[98]

— Ну, а если он начнет ревновать, будет требовать... бог знает чего, — понимаешь?

— О нет, non, non, non! Как он смеет! Я взяла меры, не беспокойся. Я уж заставила его подписать несколько векселей на имя Альберта. Чуть что — и он тотчас же будет наказан; да и не посмеет!

— Ну, выходи...

Свадьбу сделали без особенного торжества, семейно и тихо. Приглашены были Альберт и еще кое-кто из близких. Hortense, Cléopâtre и прочие были решительно отстранены. Жених чрезвычайно интересовался своим положением. Blanche сама повязала ему галстук, сама его напомадила, и в своем фраке и в белом жилете он смотрел très comme il faut.[99]

— Il est pourtant très comme il faut,[100] — объявила мне сама Blanche, выходя из комнаты генерала, как будто идея о том, что генерал très comme il faut, даже ее самое поразила. Я так мало

---

[97] Ему везет (франц.).

[98] у меня будет замок, мужики, а потом у меня всё-таки будет мой миллион (франц.).

[99] очень прилично (франц.).

[100] Он, однако, очень приличен (франц.).

вникал в подробности, участвуя во всем в качестве такого ленивого зрителя, что многое и забыл, как это было. Помню только, что Blanche оказалась вовсе не de Cominges, ровно как и мать ее — вовсе не veuve Cominges, а — du-Placet. Почему они были обе de Cominges до сих пор — не знаю. Но генерал и этим остался очень доволен, и du-Placet ему даже больше понравилось, чем de Cominges. В утро свадьбы он, уже совсем одетый, всё ходил взад и вперед по зале и всё повторял про себя, с необыкновенно серьезным и важным видом:

"Mademoiselle Blanche du-Placet! Blanche du-Placet! Du-Placet! Девица Бланка Дю-Пласет!.." И некоторое самодовольствие сияло на его лице. В церкви, у мэра и дома за закуской он был не только радостен и доволен, но даже горд. С ними с обоими что-то случилось. Blanche стала смотреть тоже с каким-то особенным достоинством.

— Мне теперь нужно совершенно иначе держать себя, — сказала она мне чрезвычайно серьезно, — mais vois-tu, я не подумала об одной прегадкой вещи: вообрази, я до сих пор не могу заучить мою теперешнюю фамилию: Загорьянский, Загозианский, madame la générale de Sago-Sago, ces diables des noms russes, enfin madame la générale à quatorze consonnes! comme c'est agréable, n'est-ce pas?[101]

Наконец мы расстались, и Blanche, эта глупая Blanche, даже прослезилась, прощаясь со мною. "Tu étais bon enfant, — говорила она хныча. — Je te croyais bête es tu en avais l'air,[102] но это к тебе идет". И, уж пожав мне руку окончательно, она вдруг воскликнула: "Attends!",[103] бросилась в свой будуар и чрез минуту вынесла мне два тысячефранковых билета. Этому я ни за что бы не поверил! "Это тебе пригодится, ты, может быть, очень ученый outchitel, но ты ужасно глупый человек. Больше

---

[101] но видишь ли... госпожа генеральша Заго-Заго, эти дьявольские русские имена, словом, госпожа генеральша с четырнадцатью согласными. Как это приятно, не правда ли? (франц.)

[102] Ты был добрым малым... Я считала тебя глупым, и ты выглядел дурачком (франц.).

[103] Подожди! (франц.).

двух тысяч я тебе ни за что не дам, потому что ты — всё равно проиграешь. Ну, прощай! Nous serons toujours bons amis, а если опять выиграешь, непременно приезжай ко мне, et tu seras heureux!"[104]

У меня у самого оставалось еще франков пятьсот; кроме того, есть великолепные часы в тысячу франков, бриллиантовые запонки и прочее, так что можно еще протянуть довольно долгое время, ни о чем не заботясь. Я нарочно засел в этом городишке, чтоб собраться, а главное, жду мистера Астлея. Я узнал наверное, что он будет здесь проезжать и остановится на сутки, по делу. Узнаю обо всем... а потом — потом прямо в Гомбург. В Рулетенбург не поеду, разве на будущий год. Действительно, говорят, дурная примета пробовать счастья два раза сряду за одним и тем же столом, а в Гомбурге самая настоящая-то игра и есть.

---

[104] Мы всегда будем друзьями... и ты будешь счастлив! (франц.).

Глава XVII

Вот уже год и восемь месяцев, как я не заглядывал в эти записки, и теперь только, от тоски и горя, вздумал развлечь себя и случайно перечел их. Так на том и оставил тогда, что поеду в Гомбург. Боже! с каким, сравнительно говоря, легким сердцем я написал тогда эти последние строчки! То есть не то чтоб с легким сердцем, а с какою самоуверенностью, с какими непоколебимыми надеждами! Сомневался ли я хоть сколько-нибудь в себе? И вот полтора года с лишком прошли, и я, по-моему, гораздо хуже, чем нищий! Да что нищий! Наплевать на нищенство! Я просто сгубил себя! Впрочем, не с уем почти и сравнивать, да и нечего себе мораль читать! Ничего не может быть нелепее морали в такое время! О самодовольные люди: с каким гордым самодовольством готовы эти болтуны читать свои сентенции! Если б они знали, до какой степени я сам понимаю всю омерзительность теперешнего моего состояния, то, конечно, уж не повернулся бы у них язык учить меня. Ну что, что могут они мне сказать нового, чего я не знаю? И разве в этом дело? Тут дело в том, что — один оборот колеса и всё изменяется, и эти же самые моралисты первые (я в этом уверен) придут с дружескими шутками поздравлять меня. И не будут от меня все так отворачиваться, как теперь. Да наплевать на них на всех! Что я теперь? Zéro. Чем могу быть завтра? Я завтра могу из мертвых воскреснуть и вновь начать жить! Человека могу обрести в себе, пока еще он не пропал!

Я действительно тогда поехал в Гомбург, но... я был потом и опять в Рулетенбурге, был и в Спа, был даже и в Бадене, куда я ездил камердинером советника Гинце, мерзавца и бывшего моего здешнего барина. Да, я был и в лакеях, целых пять месяцев! Это случилось сейчас после тюрьмы. (Я ведь сидел и в тюрьме в Рулетенбурге за один здешний долг. Неизвестный человек меня выкупил, — кто такой? Мистер Астлей? Полина? Не знаю, но долг был заплачен, всего двести талеров, и я вышел на волю). Куда мне было деваться? Я и поступил к этому Гинце. Он человек молодой и ветреный, любит полениться, а я умею говорить и писать на трех языках. Я сначала поступил к нему чем-то вроде секретаря, за тридцать гульденов в месяц; но кончил у него настоящим лакейством: держать секретаря ему стало не по средствам, и он мне сбавил жалованье; мне же некуда было идти, я остался — и таким образом сам собою обратился в лакея. Я недоедал и недопивал на его службе, но зато накопил в пять месяцев семьдесят гульденов. Однажды вечером, в Бадене, я объявил ему, что желаю с ним расстаться; в тот же вечер я отправился на рулетку. О, как стучало мое сердце! Нет, не деньги мне были дороги! Тогда мне только хотелось, чтоб завтра же все эти Гинце, все эти обер-кельнеры, все эти великолепные баденские дамы, чтобы все они говорили обо мне, рассказывали мою историю, удивлялись мне, хвалили меня и преклонялись пред моим новым выигрышем. Всё это детские мечты и заботы, но... кто знает: может быть, я повстречался бы и с Полиной, я бы ей рассказал, и она бы увидела, что я выше всех этих нелепых толчков судьбы... О, не деньги мне дороги! Я уверен, что разбросал бы их опять какой-нибудь Blanche и опять ездил бы в Париже три недели на паре собственных лошадей в шестнадцать тысяч франков. Я ведь наверное знаю, что я не скуп; я даже думаю, что я расточителен, — а между тем, однако ж, с каким трепетом, с каким замиранием сердца я выслушиваю крик крупера: trente et un, rouge, impaire et passe или: quatre, noir, pair et manque! С какою алчностью смотрю я на игорный стол, по которому разбросаны луидоры, фридрихсдоры и талеры, на столбики золота, когда они от лопатки крупера рассыпаются в горящие, как жар, кучи, или на длинные в аршин столбы серебра, лежащие вокруг колеса. Еще подходя к игорной зале, за две комнаты, только что я заслышу дзеньканье пересыпающихся денег, — со мною почти делаются судороги.

О, тот вечер, когда я понес мои семьдесят гульденов на игорный стол, тоже был замечателен. Я начал с десяти гульденов и опять с passe. К passe я имею предрассудок. Я проиграл. Оставалось у меня шестьдесят гульденов серебряною монетою; я подумал — и предпочел zéro. Я стал разом ставить на zéro по пяти гульденов; с третьей ставки вдруг выходит zéro,

149

я чуть не умер от радости, получив сто семьдесят пять гульденов; когда я выиграл сто тысяч гульденов, я не был так рад. Тотчас же я поставил сто гульденов на rouge — дала; все двести на rouge — дала; все четыреста на noir — дала; все восемьсот на manque — дала; считая с прежним, было тысяча семьсот гульденов, и это — менее чем в пять минут! Да, в эдакие-то мгновения забываешь и все прежние неудачи! Ведь я добыл это более чем жизнию рискуя, осмелился рискнуть и — вот я опять в числе человеков!

Я занял номер, заперся и часов до трех сидел и считал свои деньги. Наутро я проснулся уже не лакеем. Я решил в тот же день выехать в Гомбург: там я не служил в лакеях и в тюрьме не сидел. За полчаса до поезда я отправился поставить две ставки, не более, и проиграл полторы тысячи флоринов. Однако же все-таки переехал в Гомбург, и вот уже месяц, как я здесь...

Я, конечно, живу в постоянной тревоге, играю по самой маленькой и чего-то жду, рассчитываю, стою по целым дням у игорного стола и наблюдаю игру, даже во сне вижу игру, но при всем этом мне кажется, что я как будто одеревенел, точно загряз в какой-то тине. Заключаю это по впечатлению при встрече с мистером Астлеем. Мы не видались с того самого времени и встретились нечаянно; вот как это было. Я шел в саду и рассчитывал, что теперь я почти без денег, но что у меня есть пятьдесят гульденов, кроме того, в отеле, где я занимаю каморку, я третьего дня совсем расплатился. Итак, мне остается возможность один только раз пойти теперь на рулетку, — если выиграю хоть что-нибудь, можно будет продолжать игру; если проиграю — надо опять идти в лакеи, в случае если не найду сейчас русских, которым бы понадобился учитель. Занятый этой мыслью, я пошел, моею ежедневною прогулкою чрез парк и чрез лес, в соседнее княжество. Иногда я выхаживал таким образом часа по четыре и возвращался в Гомбург усталый и голодный. Только что вышел я из сада в парк, как вдруг на скамейке увидел мистера Астлея. Он первый меня заметил и окликнул меня. Я сел подле него. Заметив же в нем некоторую важность, я тотчас же умерил мою радость; а то я было ужасно обрадовался ему.

— Итак, вы здесь! Я так и думал, что вас повстречаю, — сказал он мне. — Не беспокойтесь рассказывать: я знаю, я всё знаю; вся ваша жизнь в эти год и восемь месяцев мне известна.

— Ба! вот как вы следите за старыми друзьями! — ответил я. — Это делает вам честь, что не забываете... Постойте, однако ж, вы даете мне мысль — не вы ли выкупили меня из рулетенбургской тюрьмы, где я сидел за долг в двести гульденов? Меня выкупил неизвестный.

— Нет, о нет; я не выкупал вас из рулетенбургской тюрьмы, где вы сидели за долг в двести гульденов, но я знал, что вы сидели в тюрьме за долг в двести гульденов.

— Значит, все-таки знаете, кто меня выкупил?

— О нет, не могу сказать, что знаю, кто вас выкупил.

— Странно; нашим русским я никому не известен, да русские здесь, пожалуй, и не выкупят; это у нас там, в России, православные выкупают православных. А я так и думал, что какой-нибудь чудак-англичанин, из странности.

Мистер Астлей слушал меня с некоторым удивлением. Он, кажется, думал найти меня унылым и убитым.

— Однако ж я очень радуюсь, видя вас совершенно сохранившим всю независимость вашего духа и даже веселость, — произнес он с довольно неприятным видом.

— То есть внутри себя вы скрыпите от досады, зачем я не убит и не унижен, — сказал я смеясь. Он не скоро понял, но, поняв, улыбнулся.

— Мне нравятся ваши замечания. Я узнаю в этих словах моего прежнего, умного, старого, восторженного и вместе с тем цинического друга; одни русские могут в себе совмещать, в одно и то же время, столько противоположностей. Действительно, человек любит видеть лучшего своего друга в унижении пред собою; на унижении основывается большею частью дружба; и это старая, известная всем умным людям истина. Но в настоящем случае, уверяю вас, я искренно рад, что вы не унываете. Скажите, вы не намерены бросить игру?

— О, черт с ней! Тотчас же брошу, только бы...

— Только бы теперь отыграться? Так я и думал; не договаривайте — знаю, — вы это сказали нечаянно,

151

следственно, сказали правду. Скажите, кроме игры, вы ничем не занимаетесь?

— Да, ничем...

Он стал меня экзаменовать. Я ничего не знал, я почти не заглядывал в газеты и положительно во всё это время не развертывал ни одной книги.

— Вы одеревенели, — заметил он, — вы не только отказались от жизни, от интересов своих и общественных, от долга гражданина и человека, от друзей своих (а они все-таки у вас были), вы не только отказались от какой бы то ни было цели, кроме выигрыша, вы даже отказались от воспоминаний своих. Я помню вас в горячую и сильную минуту вашей жизни; но я уверен, что вы забыли все лучшие тогдашние впечатления ваши; ваши мечты, ваши теперешние, самые насущные желания не идут дальше pair и impair, rouge, noir, двенадцать средних и так далее, и так далее, я уверен!

— Довольно, мистер Астлей, пожалуйста, пожалуйста, не напоминайте, — вскричал я с досадой, чуть не со злобой, — знайте, что я ровно ничего не забыл; но я только на время выгнал всё это из головы, даже воспоминания, — до тех пор, покамест не поправлю радикально мои обстоятельства; тогда... тогда вы увидите, я воскресну из мертвых!

— Вы будете здесь еще чрез десять лет, — сказал он. — Предлагаю вам пари, что я напомню вам это, если буду жив, вот на этой же скамейке.

— Ну довольно, — прервал я с нетерпением, — и, чтоб вам доказать, что я не так-то забывчив на прошлое, позвольте узнать: где теперь мисс Полина? Если не вы меня выкупили, то уж, наверно, она. С самого того времени я не имел о ней никакого известия.

— Нет, о нет! Я не думаю, чтобы она вас выкупила. Она теперь в Швейцарии, и вы мне сделаете большое удовольствие, если перестанете меня спрашивать о мисс Полине, — сказал он решительно и даже сердито.

— Это значит, что и вас она уж очень поранила! — засмеялся я невольно.

— Мисс Полина — лучшее существо из всех наиболее

достойных уважения существ, но, повторяю вам, вы сделаете мне великое удовольствие, если перестанете меня спрашивать о мисс Полине. Вы ее никогда не знали, и ее имя в устах ваших я считаю оскорблением нравственного моего чувства.

— Вот как! Впрочем, вы неправы; да о чем же мне и говорить с вами, кроме этого, рассудите? Ведь в этом и состоят все наши воспоминания. Не беспокойтесь, впрочем, мне не нужно никаких внутренних, секретных ваших дел... Я интересуюсь только, так сказать, внешним положением мисс Полины, одною только теперешнею наружною обстановкою ее. Это можно сообщить в двух словах.

— Извольте, с тем чтоб этими двумя словами было всё покончено. Мисс Полина была долго больна; она и теперь больна; некоторое время она жила с моими матерью и сестрой в северной Англии. Полгода назад ее бабка — помните, та самая сумасшедшая женщина — померла и оставила лично ей семь тысяч фунтов состояния. Теперь мисс Полина путешествует вместе с семейством моей сестры, вышедшей замуж. Маленький брат и сестра ее тоже обеспечены завещанием бабки и учатся в Лондоне. Генерал, ее отчим, месяц назад умер в Париже от удара. Mademoiselle Blanche обходилась с ним хорошо, но всё, что он получил от бабки, успела перевести на себя... вот, кажется, и всё.

— А Де-Грие? Не путешествует ли он тоже в Швейцарии?

— Нет, Де-Грие не путешествует в Швейцарии, и я не знаю, где Де-Грие; кроме того, раз навсегда предупреждаю вас избегать подобных намеков и неблагородных сопоставлений, иначе вы будете непременно иметь дело со мною.

— Как! несмотря на наши прежние дружеские отношения?

— Да, несмотря на наши прежние дружеские отношения.

— Тысячу раз прошу извинения, мистер Астлей. Но позвольте, однако ж: тут нет ничего обидного и неблагородного; я ведь ни в чем не виню мисс Полину. Кроме того, француз и русская барышня, говоря вообще, — это такое сопоставление, мистер Астлей, которое не нам с вами разрешить или понять окончательно.

— Если вы не будете упоминать имя Де-Грие вместе с

другим именем, то я попросил бы вас объяснить мне, что вы подразумеваете под выражением: "француз и русская барышня"? Что это за "сопоставление"? Почему тут именно француз и непременно русская барышня?

— Видите, вы и заинтересовались. Но это длинная материя, мистер Астлей. Тут много надо бы знать предварительно. Впрочем, это вопрос важный — как ни смешно всё это с первого взгляда. Француз, мистер Астлей, это — законченная, красивая форма. Вы, как британец, можете с этим быть несогласны; я, как русский, тоже несогласен, ну, пожалуй, хоть из зависти; но наши барышни могут быть другого мнения. Вы можете находить Расина изломанным; исковерканным и парфюмированным; даже читать его, наверное, не станете. Я тоже нахожу его изломанным, исковерканным и парфюмированным, с одной даже точки зрения смешным; но он прелестен, мистер Астлей, и, главное, он великий поэт, хотим или не хотим мы этого с вами. Национальная форма француза, то есть парижанина, стала слагаться в изящную форму, когда мы еще были медведями. Революция наследовала дворянству. Теперь самый пошлейший французишка может иметь манеры, приемы, выражения и даже мысли вполне изящной формы, не участвуя в этой форме ни своею инициативою, ни душою, ни сердцем; всё это досталось ему по наследству. Сами собою, они могут быть пустее пустейшего и подлее подлейшего. Ну-с, мистер Астлей, сообщу вам теперь, что нет существа в мире доверчивее и откровеннее доброй, умненькой и не слишком изломанной русской барышни. Де-Грие, явясь в какой-нибудь роли, явясь замаскированным, может завоевать ее сердце с необыкновенною легкостью; у него есть изящная форма, мистер Астлей, и барышня принимает эту форму за его собственную душу, за натуральную форму его души и сердца, а не за одежду, доставшуюся ему по наследству. К величайшей вашей неприятности, я должен вам признаться, что англичане большею частью угловаты и неизящны, а русские довольно чутко умеют различать красоту и на нее падки. Но, чтобы различать красоту души и оригинальность личности, для этого нужно несравненно более самостоятельности и свободы, чем у наших женщин, тем более барышень, — и уж во всяком случае больше опыта. Мисс Полине же — простите, сказанного не воротишь — нужно очень, очень долгое время решаться, чтобы предпочесть вас мерзавцу Де-Грие. Она вас и оценит, станет вашим другом, откроет вам всё свое сердце; но в этом сердце все-таки будет царить ненавистный мерзавец, скверный и мелкий процентщик Де-Грие. Это даже останется, так сказать, из одного упрямства и самолюбия, потому что этот же самый Де-Грие явился ей когда-то в ореоле изящного маркиза, разочарованного либерала и разорившегося (будто бы?), помогая ее семейству и легкомысленному генералу. Все эти проделки открылись после. Но это ничего, что открылись: все-таки подавайте ей теперь прежнего Де-Грие — вот чего ей надо! И чем больше ненавидит она теперешнего Де-Грие, тем больше тоскует о прежнем, хоть прежний и существовал только в ее воображении. Вы сахаровар, мистер Астлей?

— Да, я участвую в компании известного сахарного завода Ловель и Комп.

— Ну, вот видите, мистер Астлей. С одной стороны — сахаровар, а с другой — Аполлон Бельведерский; всё это как-то не связывается. А я даже и не сахаровар; я просто мелкий игрок на рулетке, и даже в лакеях был, что, наверное, уже известно мисс Полине, потому что у ней, кажется, хорошая полиция.

— Вы озлоблены, а потому и говорите весь этот вздор, — хладнокровно и подумав сказал мистер Астлей. — Кроме того, в ваших словах нет оригинальности.

— Согласен! Но в том-то и ужас, благородный друг мой, что все эти мои обвинения, как ни устарели, как ни пошлы, как ни водевильны — все-таки истинны! Все-таки мы с вами ничего не добились!

— Это гнусный вздор... потому, потому... знайте же! — произнес мистер Астлей дрожащим голосом и сверкая глазами, — знайте же, неблагодарный и недостойный, мелкий и несчастный человек, что я прибыл в Гомбург нарочно по ее поручению, для того чтобы увидеть вас, говорить с вами долго и сердечно, и передать ей всё, — ваши чувства, мысли, надежды и... воспоминания!

— Неужели! Неужели? — вскричал я, и слезы градом потекли из глаз моих. Я не мог сдержать их, и это, кажется, было в первый раз в моей жизни.

— Да, несчастный человек, она любила вас, и я могу вам это открыть, потому что вы — погибший человек! Мало того, если я даже скажу вам, что она до сих пор вас любит, то — ведь вы всё равно здесь останетесь! Да, вы погубили себя. Вы имели некоторые способности, живой характер и были человек недурной; вы даже могли быть полезны вашему отечеству, которое так нуждается в людях, но — вы останетесь здесь, и ваша жизнь кончена. Я вас не виню. На мой взгляд, все русские таковы или склонны быть таковыми. Если не рулетка, так другое, подобное ей. Исключения слишком редки. Не первый вы не понимаете, что такое труд (я не о народе вашем говорю). Рулетка — это игра по преимуществу русская. До сих пор вы были честны и скорее захотели пойти в лакеи, чем воровать... но мне страшно подумать, что может быть в будущем. Довольно, прощайте! Вы, конечно, нуждаетесь в деньгах? Вот от меня вам десять луидоров, больше не дам, потому что вы их всё равно проиграете. Берите и прощайте! Берите же!

— Нет, мистер Астлей, после всего теперь сказанного...

— Бе-ри-те! — вскричал он. — Я убежден, что вы еще благородны, и даю вам, как может дать друг истинному другу. Если б я мог быть уверен, что вы сейчас же бросите игру, Гомбург и поедете в ваше отечество, — я бы готов был немедленно дать вам тысячу фунтов для начала новой карьеры. Но я потому именно не даю тысячи фунтов, а даю только десять луидоров, что тысяча ли фунтов, или десять луидоров — в настоящее время для вас совершенно одно и то же; всё одно — проиграете. Берите и прощайте.

— Возьму, если вы позволите себя обнять на прощанье.

— О, это с удовольствием!

Мы обнялись искренно, и мистер Астлей ушел.

Нет, он не прав! Если я был резок и глуп насчет Полины и Де-Грие, то он резок и скор насчет русских. Про себя я ничего не говорю. Впрочем... впрочем, всё это покамест не то. Всё это слова, слова и слова, а надо дела! Тут теперь главное

Швейцария! Завтра же, — о, если б можно было завтра же отправиться! Вновь возродиться, воскреснуть. Надо им доказать... Пусть знает Полина, что я еще могу быть человеком. Стоит только... теперь уж, впрочем, поздно, — но завтра... О, у меня предчувствие, и это не может быть иначе! У меня теперь пятнадцать луидоров, а я начинал и с пятнадцатью гульденами! Если начать осторожно... — и неужели, неужели уж я такой малый ребенок! Неужели я не понимаю, что я сам погибший человек. Но — почему же я не могу воскреснуть. Да! стоит только хоть раз в жизни быть расчетливым и терпеливым и — вот и всё! Стоит только хоть раз выдержать характер, и я в один час могу всю судьбу изменить! Главное — характер. Вспомнить только, что было со мною в этом роде семь месяцев назад в Рулетенбурге, пред окончательным моим проигрышем. О, это был замечательный случай решимости: я проиграл тогда всё, всё... Выхожу из воксала, смотрю — в жилетном кармане шевелится у меня еще один гульден. "А, стало быть, будет на что пообедать!" — подумал я, но, пройдя шагов сто, я передумал и воротился. Я поставил этот гульден на manque (тот раз было на manque), и, право, есть что-то особенное в ощущении, когда один, на чужой стороне, далеко от родины, от друзей и не зная, что сегодня будешь есть, ставишь последний гульден, самый, самый последний! Я выиграл и через двадцать минут вышел из воксала, имея сто семьдесят гульденов в кармане. Это факт-с! Вот что может иногда значить последний гульден! А что, если б я тогда упал духом, если б я не посмел решиться?

Завтра, завтра всё кончится!

www.ingramcontent.com/pod-product-compliance
Lightning Source LLC
Chambersburg PA
CBHW011511170626
46810CB00009B/3322